D1538268

LA LOI DE LA JUNGLE

JEAN-MARIE PELT
avec la collaboration de Franck Steffan

La Loi de la jungle

L'agressivité chez les plantes,
les animaux, les humains

FAYARD

Ce livre est dédié aux victimes d'agressions, de guerres, de violences. Génératrices d'anxiété et de peur, elles altèrent les relations humaines, répandent la méfiance, suscitent la crainte et l'exclusion. Peut-être expliquent-elles ces sociétés désespérément glacées dans lesquelles nous vivons.

Dans les lieux publics, les transports en commun, chez tant de couples aussi, il n'y a plus le moindre signe de convivialité, la moindre joie de vivre, chacun se méfiant de tous.

L'agressivité comprise, régulée, maîtrisée, et voici que la joie revient. Non à la faillite de l'amour !

EN GUISE DE PROLOGUE

Un jour ordinaire

Le réveil sonna, comme depuis huit jours. Le poids du jour fondit sur lui, pareil à un boulet. Il allait falloir subir et tenir jusqu'au soir. Seul. Car, désormais, il était seul. Viviane venait de le quitter. Elle n'aurait plus à endurer ses ronflements dont elle se plaignait tant.

Reviendrait-elle ? Il a décidé de ne rien changer à ses habitudes, pour le cas où… Il prépare machinalement et amoureusement une tasse, puis un bol. Son bol à elle, dans lequel il a coutume de doser minutieusement le lait et le café pour répondre avec le plus grand soin à ses goûts. Il ne veut pas perdre la main. En fait, il la gâtait.

Pourtant, elle est partie avec Laurent, une sorte de play-boy dont il regrette fort aujourd'hui de s'être fait un ami. Sûr de lui et dominateur, celui-ci lui a soufflé Viviane. Mais le temps pour Claude n'est plus aux remords ni aux questions. Il lui faut, comme chaque jour, partir au bureau et paraître en forme.

À peine sorti du garage, il se fait klaxonner par un automobiliste pressé qui lui adresse méchamment un bras d'honneur. Il détourne aussitôt les yeux pour ne pas offrir à l'autre un prétexte à déverser sur lui un torrent d'injures. Furieux de ne pouvoir le foudroyer du

regard, l'agresseur s'éloigne en appuyant à fond sur l'ac-
célérateur, dans un furieux vrombissement de moteur :
il se défoule sur sa voiture.

Dans son travail, Claude doit faire montre de souplesse et de rigueur. Il est directeur des ressources
humaines dans une société de nouvelles technologies,
filiale d'un grand groupe dont les principaux action-
naires sont deux holdings étrangères. Aujourd'hui, il a
deux réunions importantes : la première sur le finance-
ment des formations professionnelles, la seconde sur
les stratégies de management permettant de mobiliser
au mieux l'intelligence collective pour optimiser les
profits, avec pour double slogan : « L'entreprise, en
avant toute ! » et « Sus aux concurrents ! »

Face à une concurrence mondialisée, il est impératif
de stimuler l'initiative individuelle et de développer
des partenariats dont l'issue est généralement l'absorp-
tion ou plutôt l'annexion des plus petites entreprises
par les plus grandes. Ces processus de prédation économique sont désormais courants mais compliquent
singulièrement la tâche des DRH, car la même concurrence règne au sein de l'entreprise.

Arrivé à son bureau, Claude sent qu'il se passe
quelque chose d'inhabituel. De fait, sa secrétaire lui
annonce que la réunion portant sur la formation pro-
fessionnelle vient d'être annulée. Motif invoqué par la
direction : les budgets doivent être revus à la baisse. À
l'avenir, le plan de formation devra s'appuyer davantage sur le potentiel humain, en procédant à une ingé-
nierie de la fonction « ressources humaines ».

Cette mauvaise nouvelle réjouit pourtant un de ses
proches collaborateurs : Bruno n'a jamais pu se faire à
l'idée que Claude occupe le poste de DRH qu'il visait
lui-même.

Depuis un certain temps court d'ailleurs dans l'entreprise une rumeur : sa séparation d'avec Viviane a rendu Claude plus nerveux, moins apte à occuper ses responsabilités. Il sent s'installer autour de lui un climat délétère, fait de jalousie et de suspicion. De fait, il se trouve affaibli par le départ de Viviane, et craint de perdre pied.

Sitôt de retour à la maison, Claude se met à fantasmer, comme cela lui arrive souvent ces derniers jours. Il se voit en dauphin, animal amical et fraternel dans son commerce avec ses congénères, mais aussi avec les humains, plus prompt à jouer qu'à agresser. Cet amour pour les dauphins lui vient de loin. Un jour, il a même franchi le pas et s'est fait tatouer un spécimen d'une rare beauté sur l'épaule gauche. Il est persuadé que ces animaux ne pensent qu'à s'amuser. Quelque chose le chagrine malgré tout : il n'ignore pas que les dauphins sont des carnassiers et se nourrissent de poissons. Comme nous, il leur faut donc tuer... Mais pas des proies appartenant à leur propre espèce. Les humains, eux, se tuent entre eux.

Claude réalise soudain que tout son univers vacille. Il ne veut plus tuer pour vivre, encore moins avoir dans la bouche le goût de cadavre de pauvres animaux. Il rêve d'un monde dans lequel on ne chasse plus les oiseaux migrateurs ni aucune autre espèce ; un monde de jardins, sans abattoirs, où les vaches seront seulement destinées à donner du lait, pas de la viande. Déjà, il a voté « écolo » aux dernières élections, mais rien n'a changé.

Puis c'est le rituel journal de 20 heures... hélas, pas du tout rituel, ce jour-là ! À 19 h 05, une bombe a explosé à bord du TGV Paris-Lyon. Le train a quitté la voie. Pour l'heure, on n'en sait pas davantage, mais on craint que les victimes ne se comptent par dizaines, voire plus. Un attentat terroriste survenu malgré le renforcement drastique des consignes et mesures de sécurité.

Toute la soirée il suit à la télévision le flux des dépêches et des flashes d'information : on redoute qu'il n'y ait au moins cent cinquante victimes. L'horreur !

Vers 23 heures, il se glisse sous ses couvertures. Une journée de plus… une journée de moins ! Avec l'intense soulagement de fuir dans le sommeil ce monde de violences et de honte…

À 7 heures, le réveil sonne. Comme chaque matin, il pose machinalement la main sur le deuxième oreiller et sent une douce chevelure. Il rouvre les yeux : il n'est plus seul. Elle est là, près de lui. Elle dort. Une étrange sensation le saisit ; une joie douce et intense.

Il se lève en silence et prépare comme d'habitude le petit déjeuner : café au lait pour madame, café noir pour monsieur. Puis il s'avise que tout est silencieux autour de lui. Il s'étire devant la fenêtre et son attention se fixe aussitôt sur un chat qui joue dans le jardin avec une souris. Subitement, il réalise que les deux bêtes jouent vraiment : le chat se roule sur le dos et la souris danse autour de lui. S'approche une mésange, et le jeu repart de plus belle. Ni blessure ni mise à mort. On s'embrasse du bec ou du museau, puis chacun regagne en paix son chez-soi.

Stupéfait, il allume la télé pour en savoir plus long sur l'attentat de la veille. Mais elle est en panne : écran vierge. Et Viviane qui dort encore…

Dans la rue, un cycliste passe, puis un second. Aucun engin motorisé. Il fait un temps somptueux, le soleil est éclatant. Serait-ce une de ces « journées sans voitures » ?

Deux enfants coiffés d'un bonnet à pompon jouent sur le trottoir avec un caniche.

Il regarde Viviane. Elle respire doucement.

Et toujours ce silence inhabituel, cet étrange silence…

Se pourrait-il que… ?

LIVRE PREMIER

Les plantes : un monde sans chef

CHAPITRE PREMIER

L'agressivité ?
Mais quelle agressivité ?

Lancée le 2 mars 1972, la sonde *Pioneer X* s'est éloignée de la Terre à la vitesse de 47 000 kilomètres à l'heure. Trente ans jour pour jour après son lancement, les scientifiques de la NASA réussissent un tour de force extraordinaire : ils envoient à la sonde un signal radio qui leur revient sur une antenne géante, près de Madrid, plus de vingt-deux heures plus tard. C'est qu'à la vitesse de la lumière (300 000 kilomètres à la seconde) il faut onze heures au signal pour atteindre la sonde et onze heures pour en revenir. *Pioneer X* se trouve aujourd'hui à treize milliards de kilomètres de la Terre, soit deux fois et demie la distance qui sépare le Soleil de Pluton, la planète la plus extérieure du système solaire. Jamais auparavant l'homme n'avait réussi à communiquer avec un objet fait de sa main et aussi éloigné. Et le voyage continue : dans un peu plus de un million et demi d'années, *Pioneer X* atteindra Aldébaran, une grosse étoile rouge, dans la constellation du Taureau. Mais nous ne la suivrons pas jusquelà : depuis 2003, elle ne nous envoie plus aucun signal et semble bien s'être définitivement tue.

Si *Pioneer X* avait embarqué un observateur, celui-ci verrait luire au loin, dans un ciel d'un noir profond, une étoile simplement plus grosse que les autres, notre Soleil. Les planètes du système solaire, qui n'émettent pas de lumière par elles-mêmes, lui seraient invisibles, escamotées dans les ténèbres de l'espace intersidéral. Dans le vide, sans oxygène ni gaz corrosifs, la sonde était censée se maintenir identique à elle-même durant sa course : pas de corrosion, pas d'usure. Pourtant, sa survie n'était pas absolument garantie. Une rencontre fortuite, certes peu probable, avec un astéroïde risquait de l'anéantir. Elle a dû en effet franchir la ceinture d'astéroïdes qui gravitent entre Mars et Jupiter, puis la deuxième ceinture dédiée à l'astronome néerlandais Gerard Kuiper, qui, gravitant à une distance comprise entre cinq et huit milliards de kilomètres du Soleil, c'est-à-dire au-delà de l'orbite de Pluton, comporte pas moins de soixante-dix mille objets d'un diamètre supérieur à cent kilomètres. En juin 2002, on y a découvert un objet, Quaoar, de 1 287 kilomètres de diamètre, soit la moitié de la taille de Pluton, qui gravite autour du Soleil en deux cent quatre-vingt-huit ans, un record ! Puis deux autres objets encore, un peu plus petits : Ixion et Varuana. Mais les astronomes se refusent à accorder à ces nouveaux venus le statut de planètes en raison de leur trop petite taille.

Pioneer a franchi ces ceintures d'astéroïdes sans encombre et poursuit donc son périple dans le vide sidéral. Mais l'homme n'est pas près de la suivre, et ce n'est certes pas demain qu'il quittera la banlieue du Soleil ! Pourtant, de la Lune où il posa le pied en 1969, l'émergence du disque terrestre à l'horizon, le «lever de Terre» est sans doute le spectacle le plus grandiose qui lui ait jamais été donné de contempler.

La «planète bleue» flottant, légère, dans l'espace noir... Mais qui soupçonnerait, à cette distance, l'existence sur ce disque de la mouvance de la Vie ? Qui imaginerait que, là-bas, sur ce gros ballon bleu et blanc, des lions mangent des gazelles, des hommes se font la guerre ?

La Lune, astre des nuits, mère des marées… Et même des «marées végétales», car on sait depuis peu que les arbres sont eux aussi soumis à des phénomènes de ce type, liés au cycle lunaire, mesurables à la dilatation et à la contraction de leurs troncs ! Peut-être nos vieux paysans n'ont-ils pas tort de jardiner en tenant compte de la Lune montante ou descendante…

Vue de la Lune, notre Terre paraît calme et sereine… Et toujours la même impression de paix des profondeurs qui nous saisit à contempler l'immense beauté de la voûte étoilée. Comment y deviner les violentes éruptions volcaniques d'Io, l'un des quatre satellites galiléens de Jupiter ? Ou, infiniment plus loin, les monstrueuses conflagrations, au sein des galaxies, d'étoiles arrivées en fin de vie, les supernovæ ? Ou, plus inimaginables encore, les collisions entre galaxies ?

Mais revenons sur Terre : en approchant, voici l'impressionnante nudité des grands déserts où apparemment rien ne se passe dans le silence immobile d'espaces sans fin. Seule l'agressivité du vent, qui soulève le sable et corrode la roche, en modifie sur des milliers et des milliers d'années les contours. Insensible agressivité qu'illustre et accuse celle du Karcher qui décape la pierre des monuments. Ailleurs, c'est le vert moutonnement de la forêt qui, vue d'avion, ne révèle rien de ce qui s'y trame.

À Beaune, l'autoroute A6 entreprend l'escalade de la côte de Bourgogne en direction de Paris. Au kilomètre 290, juste avant le sommet du col de Bessey-en-Chaume, culminant à 565 mètres, qui marque le point le plus haut de l'itinéraire Marseille-Paris, une trouée s'offre, à l'est, sur le relief couvert d'une dense forêt. La succession des cimes ondule jusqu'à l'horizon : pas une percée, pas un champ, pas une antenne, pas un poteau, pas un village, pas un immeuble. La forêt, rien que la forêt ! Paysage rare dans un pays si humanisé et urbanisé : pour un peu, il paraîtrait appartenir davantage au monde tropical, du moins avant que bulldozers et incendies ne viennent en perturber la monotone ordonnance. Face à la majesté silencieuse de cette mer de verdure, impossible de se représenter du dehors les drames qui s'y jouent, la rude compétition entre végétaux et animaux qui l'habitent, l'universelle lutte pour la vie si chère à Darwin.

Et maintenant, tout près cette fois, le jardin où j'écris. Paix et silence. Les roses anciennes se déploient, bouquets aux mille nuances déferlant jusqu'à mes pieds. À ne pas confondre avec les roses trémières qui poussent leurs longues tiges verticales là où pourtant nous ne les avions pas plantées. Mais leurs graines sont pleines d'entregent et d'initiative : chaque année, elles germent ici ou là ; cette année, c'est au beau milieu des plants de pommes de terre ! Voici même de jeunes pieds aux prises avec le tamaris dont la dense ramure gêne leur ascension. L'une a pourtant réussi à franchir l'obstacle ; l'autre, non : elle entortille ses fleurs chétives dans la ramure filiforme de l'arbre à fine chevelure. La confrontation se joue sous mes yeux.

Et subitement un drame : une araignée agrippée à sa proie entame un mouvement de toupie vertigineux ; elle tourne sur elle-même à toute vitesse, solidement cramponnée au malheureux insecte dont elle fera son repas. L'araignée, vivant symbole de l'agression, n'agresse pas seulement ses proies, mais aussi ses congénères :

cannibale, elle les dévore, et jusqu'à ses propres petits. Puis le manège s'arrête : l'araignée s'en retourne avec sa proie dans son antre.

Vient le chat. Il se love dans le tamaris, immobile, aux aguets. Je ne bouge pas, lui non plus. Mais aucun oiseau ne se risque dans les parages : il en est aujourd'hui pour ses frais !

Ainsi n'existe-t-il ni temps ni lieu où, vives ou feutrées, des confrontations ne se manifestent. L'agression est inhérente à la vie même. Voire, par extrapolation, à la non-vie, au monde minéral !

La division ancienne de la Terre en ses quatre éléments : terre, eau, air, feu, auxquels les Chinois ajoutèrent le bois, élément vivant, nous offre une approche suggestive des événements, incidents ou accidents qui peuvent survenir sur notre planète. D'un point de vue strictement humain, chaque élément possède sa propre capacité de nuisance, et chacun est en même temps l'indispensable support de la vie. D'où l'ambivalence des grands symboles et des mythologies qui s'y rattachent : l'eau qui féconde la terre, mais dans laquelle on se noie ; le feu qui éclaire, mais auquel on se brûle ; la terre qui nourrit, mais qui tremble aussi ; l'air qu'on respire et celui des cyclones… Chaque élément porte avec lui ses bienfaits, mais aussi ses colères : l'eau, ses inondations, ses raz de marée ; la terre, ses avalanches et ses secousses sismiques ; l'air, ses tempêtes ; le feu, ses incendies. Cette « agressivité » combine souvent deux éléments complémentaires ; ainsi, les volcans associent le feu au magma terrestre ; les coulées de boue qui emportent tout sur leur passage associent l'eau à la terre ; les tornades associent l'air à l'eau… Colères terrestres, mais aussi colères de la mer, les unes et les autres d'autant plus fréquentes que le réchauffement climatique les favorise et les aggrave.

Les continents eux-mêmes s'affrontent au gré de lents mais titanesques télescopages ; ainsi l'Inde qui, par sa dérive et sa pression vers le nord, bouscule le continent asiatique qui la bloque dans sa course, et fait ainsi surgir la chaîne de l'Himalaya. Rien de tel sur la Lune, astre mort qui veille sur nos nuits.

Tout sur Terre est affrontement, lutte, agression. Au cœur de ces mille dangers, il nous a fallu apprendre à nous protéger. Sans oublier de le faire contre la plus redoutable des formes d'agressivité, celle que nous retournons contre nous-mêmes et nos congénères.

CHAPITRE II

Les plantes attaquent

Le voyageur qui se rend de Paris à Strasbourg par l'autoroute A4 est invité à visiter en Champagne la basilique Notre-Dame-de-l'Épine, tout près de Châlons. Surtout en automne, lorsque les champs sont nus, le moins « écolo » des automobilistes aura remarqué de vastes traînées blanchâtres, typiques des paysages de cette Champagne dite pouilleuse, la plus pauvre. C'est qu'ici le calcaire affleure, fait du squelette d'innombrables petits organismes qui ont vécu à l'ère secondaire au fond de la mer qui recouvrait alors toute la surface du Bassin parisien. La basilique gothique de Notre-Dame-de-l'Épine est elle aussi construite en calcaire, une pierre qui, au fil du temps, s'est revêtue d'un fin manteau de lichens, surtout abondants sur la façade ouest exposée aux vents dominants porteurs de pluie. (L'abside ou arrière de la basilique, comme celle de toutes les églises, est orientée vers l'est, vers Jérusalem.) Ces lichens avaient envahi les sculptures médiévales, les enveloppant d'une sorte de velours protecteur. En effet, après avoir corrodé la pierre pour s'y installer, ils lui assuraient une parfaite protection. Grisâtres, ils avaient la teinte pâle du calcaire et se fondaient excellemment dans le paysage bâti et non bâti des plaines champenoises. À la fois agresseurs et protecteurs, ils illustraient bien la dialectique de la compétition et de la coopération, de l'agressivité et de l'aménité, indissociables de la marche de la nature et de la vie.

Mais voici que, dans les années 1970, un étrange phénomène se produisit : en quelques années, la basilique fut subitement envahie par des lichens jaunâtres et, du coup, prit fort vilaine allure. On accusa dans un premier temps la pollution qui, venue de l'agglomération parisienne, portée par les vents dominants, aurait atteint la pierre, favorisant son envahissement par le nouveau venu. Mais, en y regardant de plus près, les spécialistes du laboratoire de cryptogamie de l'université de Paris-VI, sous la direction d'Agnès Le Trouit, à qui nous devons la relation de cette histoire[1], diagnostiquèrent un lichen fortement nitrophile (grand amateur d'azote) qui eût été bien incapable de se nourrir sur le terreau fort maigre des calcaires de Champagne. Dès lors, une question se posait : d'où venait donc cet azote nourricier ?

La réponse ne tarda pas. En pleine ère du productivisme agricole, les sols de la Champagne pouilleuse étaient dopés chaque année par des épandages abondants d'engrais azotés que le vent dispersait, et la basilique n'avait pas été épargnée. Forts de cet engrais, les lichens jaunes avaient proliféré, dessinant des traînées pisseuses là où l'eau de pluie s'écoulait le long des murs. En effet, au début du XIXe siècle, un curé pudibond avait éliminé les gargouilles, censées éloigner l'eau de pluie de la pierre mais qui portaient atteinte aux bonnes mœurs, si prisées à l'époque, en illustrant de façon parfois suggestive les sept péchés capitaux.

---

1. *In* Jean-Pierre Cuny, *L'Aventure des plantes*, éd. Fixot, Paris, 1987.

Faute de gargouilles, l'eau dégoulinait donc le long des façades, et, comme notre lichen en était plus avide que la plupart de ses congénères, il trouvait là matière à s'épanouir et à se répandre.

Notre-Dame-de-l'Épine posait un épineux problème : comment éviter de la voir s'enlaidir du fait de ce végétal prolifique, laid et conquérant ? Il n'était évidemment pas question d'interdire l'usage des engrais azotés. S'il devenait du coup impossible de le priver d'azote, du moins pouvait-on le priver d'eau. On entreprit donc de brosser les sculptures, puis on enduisit la basilique, ainsi revigorée, d'une résine hydrofuge, sans pour autant remporter une victoire décisive sur cet hôte aussi envahissant qu'encombrant.

Belle leçon d'écologie, d'où il ressort qu'un changement intervenu dans l'environnement peut entraîner des conséquences tout à fait inattendues. Ici, elles ont d'abord été d'ordre esthétique ; dans bien des cas, elles sont sensiblement plus lourdes !

Nul ne s'étonne, chez nous, de voir des lichens entamer puis envahir la pierre : les très vieilles tombes de nos cimetières en sont envahies et il est possible de les dater, puisqu'ils sont souvent contemporains des monuments qu'ils colonisent. Or on sait aujourd'hui qu'un lichen peut vivre plusieurs siècles ! Sous les tropiques, il n'en faut pas tant pour que, les hommes se retirant, la végétation s'empare des traces monumentales de leur activité de bâtisseurs. Là, les confrontations entre plantes et pierres sont singulièrement plus violentes que celles qui ont lieu lorsque le lichen est l'agresseur : un agresseur somme toute timide, qui finit un jour par se faire évincer lorsqu'il a accumulé sur la pierre assez de substances organiques pour que des graines d'herbes ou d'arbustes parviennent à s'installer à sa place et à l'éliminer. Il connaît dès lors le sort habituel des pionniers : celui de se voir évincer par des compétiteurs dont ils ont permis l'installation, mais qui ne leur en témoignent aucune gratitude.

Sous les tropiques, l'agressivité végétale atteint des sommets avec le figuier étrangleur, un arbre-liane qui s'en donne par exemple à cœur joie pour réduire à néant l'ex-bagne de Cayenne, sur la fameuse île du Salut. Le bagne est en quelque sorte puni par où il a péché, car c'est désormais son tour d'être emprisonné par le figuier qui l'enlace et l'enserre comme le ferait un *boa constrictor*. Ses racines pendantes, aussi grosses que des troncs, pénètrent dans les cellules dont elles font sauter les portes sous l'énorme pression de leur masse : puissantes et offensives, elles se tortillent ici, se lovent là, ressortent, pénètrent dans une autre cellule, rejoignent et étreignent une autre racine issue d'un autre couloir, enlacent à nouveau… Tout ce monde immobile mais terriblement actif, silencieux, oppressant, signe l'inexorable avancée du végétal sur le minéral. Agressives, les racines s'échappent de l'arbre majestueux qui se dresse dans la cour du bagne à plus de quarante mètres de hauteur, et l'énorme pieuvre végétale aux multiples tentacules envahit jusqu'à la cellule où le capitaine Dreyfus séjourna au début du siècle ; les barreaux de fer de la lucarne se sont littéralement encastrés dans les tissus du monstre.

Que les racines pendantes d'un figuier étrangleur viennent à enlacer le tronc d'un arbre innocent, et bientôt celui-ci sera à son tour enclavé dans cette masse végétale étrangère et finalement asphyxié, tandis que l'abondant feuillage du figuier, parachevant le travail, l'étouffera par le haut en lui disputant férocement la lumière disponible. Bientôt l'arbre victime ne vaudra pas mieux que la proie enlacée par un boa : il meurt, se décompose lentement et finit par disparaître, laissant une haute cheminée ouverte au cœur du dense lacis que forment les racines de son assassin, gigantesque manchon où vécut jadis le végétal disparu. Car l'« étrangleur » n'est pas seulement l'ennemi des constructions de pierre ; il perpètre aussi ses noirs desseins sur les arbres condamnés à lui servir en quelque sorte de tuteurs. Mais, quand il les a tués, et par un juste retour des choses, c'est lui qui se trouve privé de support. Il n'est plus alors qu'un haut cylindre creux, sorte d'échassier fragile qui finit par s'effondrer à son tour. Les voilà alors tous deux morts, l'assassin et sa victime.

La dominance du végétal sur le minéral s'inscrit dans l'histoire même de la planète. Hormis dans les zones privées d'eau, la Vie se charge toujours de recouvrir la roche puis de s'y installer, que cette roche soit naturelle ou sculptée par la main de l'homme – monument ou cité, par exemple. Quel temps mettrait une ville européenne pour disparaître du paysage si l'homme venait à l'abandonner définitivement ? Un siècle ? Quelques siècles ? Difficile à dire. Mais, bien vite, la végétation s'insinuerait entre les pierres, des arbustes puis des arbres pousseraient dans les rues et sur les corniches des immeubles, entraînant leur effondrement. Toits et murs suivraient. Irrésistiblement, l'œuvre de l'homme reculerait devant la poussée de la nature, et sans doute les plantes se réjouiraient-elles de la disparition de ce compétiteur agressif qui prétendait circonscrire autoritairement leur domaine.

Le monde tropical nous offre de belles illustrations de ce type de scénario ; ainsi du complexe funéraire du roi khmer Suryavarman II, Angkor Vat, érigé au XIIe siècle de notre ère. En 1850, alors qu'il se frayait un chemin dans la jungle cambodgienne, le missionnaire Charles Bouillevaux tomba par hasard sur les vestiges d'une immense cité. Dix ans plus tard, le naturaliste français Henri Mouhot éprouva la même stupeur en débouchant dans cette clairière où plus de cent temples furent mis au jour. Ceux-ci représentaient, semble-t-il, les seuls bâtiments en pierre d'Angkor, la jungle ayant eu raison des constructions en bois dont il ne reste presque plus de traces. Le temple le plus majestueux, celui d'Angkor Vat, dédié au dieu hindou Vishnu, couvre une superficie de deux cent cinquante hectares : aussi vaste qu'une ville, il fut achevé alors que débutait la construction de Notre-Dame de Paris. Puis la civilisation khmère déclina, le réseau hydraulique sophistiqué qui avait fait la fortune du royaume se désorganisa peu à peu. La cité affaiblie n'offrit que très peu de résistance à l'armée thaïe qui attaqua Angkor en 1431 (date du martyre de Jeanne d'Arc) ; la cité fut mise à sac et ne recouvra plus jamais sa splendeur d'antan. Depuis lors, la végétation a envahi et désagrégé les bâtiments : les racines des figuiers banian, proches parents de l'«étrangleur», se glissent dans les interstices de la pierre, précipitant l'écroulement des temples.

Depuis 1907, date où le site annexé par le Siam fut restitué au Cambodge sous administration française, les chantiers de fouille et de restauration se succèdent sans relâche. Mais lorsque éclata en 1970 la terrible guerre civile qui devait annihiler les forces vives du pays soumis à la sanglante tyrannie des Khmers rouges de Pol Pot, Angkor fut de nouveau abandonnée. Entre-temps, des temples bouddhistes y avaient été dégagés, le bouddhisme ayant supplanté l'hindouisme. (Le Cambodge est resté aujourd'hui un pays à majorité bouddhiste, démentant, hélas, l'idée communément répandue que les pays bouddhistes, à la différence des civilisations chrétiennes ou musulmanes, sont pacifistes et ne connaissent jamais ni guerre civile ni guerre de conquête. L'abominable épopée de Pol Pot, l'une des plus sanglantes de l'histoire contemporaine, avec quelque six millions d'humains massacrés, témoigne qu'aucune religion n'a su jusqu'ici s'opposer efficacement à ce mal absolu qu'est la guerre. Encore heureux qu'ici les massacres n'aient pas été perpétrés en son nom !)

Si l'agressivité végétale qui entraîna l'engloutissement des temples d'Angkor par une jungle épaisse est un fait de nature, que dire de l'agressivité humaine qui s'est développée ici même avec un tel surcroît de barbarie que l'on est amené à s'interroger sur l'origine et les motifs d'une pareille cruauté collective. Quelles sont les racines de ce mal ? Comment expliquer que la culture humaine soit la seule, dans le monde vivant, où des comportements aussi mortellement agressifs puissent se manifester ? C'est ce que cet ouvrage va tenter d'éclaircir.

CHAPITRE III

Les envahisseuses

On les appelle aussi les mauvaises herbes. À peine avez-vous bêché votre jardin qu'elles sont là, fidèles à leur rendez-vous annuel avec vos légumes auxquels elles semblent avoir lié leur sort. Ainsi de la mercuriale, du liseron et des mourons. Hier la pioche, la binette, aujourd'hui le désherbant tentent de contenir leurs avancées et de limiter leur domaine – en vain… Elles finissent toujours par venir à bout de votre patience. Aussi les a-t-on méchamment baptisées les *pestes*.

Gilles Clément, notre grand jardinier planétaire, est moins sévère à leur égard : il préfère les appeler *vagabondes*, et se risque même à en faire l'éloge[1]. Toutes ont en commun qu'elles s'invitent sans être attendues ; elles colonisent avec ardeur les écosystèmes naturels ou cultivés qui se passeraient aisément de leur irruption, souvent si conquérantes qu'elles finissent par marquer le paysage de leur encombrante et dense présence. Malheur alors aux pauvres endémiques qui vivaient jusque-là tranquilles sur leur recoin montagneux ou sur quelque île perdue et qui voient débarquer – parce que l'homme les y amène volontairement ou par mégarde –

---

1. Gilles Clément, *Éloge des vagabondes : herbes, arbres et fleurs à la conquête du monde*, éd. Nil, Paris, 2002.

ces armées végétales qui bientôt leur tailleront des croupières ! Elles les étouffent ; elles les remplacent. Et la biodiversité en prend alors pour son grade.

En vertu de cet instinct profond qui nous lie à la nature, à *toutes* ses créatures, y compris à celles auxquelles nous n'avons trouvé jusqu'ici aucune utilité, nous entendons bien défendre cette profusion d'espèces de plantes et de bêtes. N'est-ce pas la grandeur du combat écologique que d'affirmer l'absolue gratuité de la nature et de la Vie, au point de faire dévier le tracé d'une route lorsqu'une plante ou quelque scarabée rarissimes occupent le terrain ? Quitte à déplacer, en désespoir de cause, la plante ou le scarabée…

C'est au nom de la sauvegarde de leur biodiversité, la plus importante au monde, que les Sud-Africains ont déclaré une guerre sans merci à toutes les plantes qui prétendraient envahir les extraordinaires paysages d'Afrique australe avec leurs plantes-cailloux, leurs aloès, leurs géraniums et leurs si curieuses Protéacées, ces végétaux à l'architecture florale si diversifiée d'une espèce à l'autre que les vieux botanistes les dédièrent jadis au dieu Protée. Cette sorte d'apartheid à l'envers a fini par émouvoir les écologistes, partagés entre le désir de laisser l'évolution faire son œuvre et celui, contradictoire, de protéger d'envahisseurs trop encombrants des milieux rares, fragiles et parfois menacés.

Car l'homme, envahisseur par excellence, en multipliant ses déplacements sur la planète, multiplie du même coup les transports (volontaires ou non) de graines et de spores. Tout et tout le monde circulant bien plus vite qu'autrefois, de multiples espèces gagnent des régions et des écosystèmes qui leur étaient jusque-là inconnus. Pour ne citer qu'une poignée d'exemples, sait-on que les mimosas, les aloès, les lauriers-roses, les eucalyptus, les géraniums, les bougainvillées, les agaves, les figuiers de Barbarie, les palmiers, aujourd'hui indissociables des paysages méditerranéens, y ont tous été introduits au cours de ces derniers siècles ? Imaginerait-on à présent un jardin de la Côte d'Azur dépossédé de ces ornements ? Tant que la migration est « sous contrôle », au besoin par un transit dans un jardin d'acclimatation, les choses se passent plutôt bien. Mais que les étrangères se comportent comme des goujates, qu'elles mettent les pieds partout, surtout là où il ne faudrait pas, et les choses se gâtent : les envahisseuses ne cessent de gagner du terrain et plus aucune stratégie ne parvient à endiguer leur farouche agressivité.

S'il fallait désigner la reine des envahisseuses, le titre écherrait sans nul doute à la jacinthe d'eau. Partie d'Amérique tropicale, elle colonise avec vigueur lacs et plans d'eau de toutes les régions chaudes du monde qu'elle recouvre parfois totalement, comme les criquets, autres envahisseurs redoutables, couvrent le ciel de leurs nuages. Une plante magnifique que cette jacinthe, avec ses feuilles épaisses en forme de cœur, vernissées et d'un vert cru, dont le pétiole renflé sert de flotteur. Les fleurs, d'un bleu très doux, ont agrémenté leur pétale supérieur d'une jolie teinte violacée sur laquelle se dessine un œil jaune. Cet ensemble polychrome, où domine le bleu pur harmonieusement relevé de jaune et de violet, confère à la jacinthe d'eau une incomparable beauté. Nul mieux qu'elle ne sait coloniser en un temps record un lac ou un plan d'eau grâce à une extrême capacité de développement végétatif. Ainsi, un seul pied flottant sur l'eau peut en donner trente en vingt-trois jours, et mille deux cents en quatre mois, au point de représenter, *in fine*, une production de quatre cent soixante-dix tonnes à l'hectare ! D'où son nom de *diable de Floride* aux États-Unis, ou de *terreur du Bengale* en Asie. Paradoxalement, cette propagation se fait exclusivement par voie végétative à partir de fragments, car les fleurs sont stériles et la jacinthe est dénuée de toute sexualité. Ce qui ne l'empêche pas de concurrencer le nénuphar dont la légende veut qu'en doublant quotidiennement sa surface de couverture il en vient à passer du quart à la totalité d'un étang en deux jours.

En Afrique, cette colonisation a commencé à partir des années 1950 : on la voit sauter de lac en fleuve, de barrage en marais, d'étang en canal d'irrigation. Hantise du tourisme fluvial, on la voit aussi envahir les marchés flottants de Bangkok, et les pêcheurs redoutent qu'elle se prenne dans leur hélice ou qu'elle déchire leurs filets sous son poids. Elle menace aussi la production hydroélectrique en infestant les canaux qui alimentent les barrages. Autre victime : l'agriculture dont elle obstrue les canaux d'irrigation. Partout où sévit la jacinthe d'eau, de vastes efforts sont déployés pour endiguer sa prolifération. Au Venezuela, dont on pense qu'elle est originaire, elle semble « en équilibre » avec le milieu naturel grâce à des charançons qui s'en nourrissent. Diverses tentatives ont eu lieu, notamment dans le sud des États-Unis, pour organiser la lutte biologique contre cette peste magnifique mais prolifique en introduisant lesdits charançons, mais sans grand succès.

On a aussi tenté de retourner le problème et de s'en faire une alliée. Au Bénin, les communautés d'Emmaüs l'utilisent pour fabriquer du compost qui sert ensuite en agro-biologie. Au Vietnam, ce compost est à son tour employé pour faire pousser des champignons comestibles. Cette pratique s'est propagée en Éthiopie où

Dawit Abat, professeur de mycologie à l'université d'Addis-Abeba, forme des enfants à cette culture facile et de bon rapport. C'est tout l'art de faire bon usage d'une mauvaise herbe.

C'est aussi pour ses qualités ornementales que Philippe Baltazar von Siebold, officier médecin de la Compagnie néerlandaise des Indes orientales, introduisit en Europe la renouée du Japon. Nous sommes en 1823. Von Siebold a vingt-sept ans et séjourne sur l'île de Deshima, au large de Nagasaki, à l'extrême sud de l'archipel. Soucieux de préserver ses traditions religieuses et culturelles, le Japon est alors extrêmement suspicieux à l'égard des étrangers. Ceux-ci peuvent tout au plus le frôler en venant s'établir sur cette île, seul port à leur être ouvert à l'époque. Bien qu'assigné à résidence, von Siebold parvient à récolter des plantes à Nagasaki et dans ses environs ; il les rapporte en Europe où il installe à Leyde son jardin d'acclimatation. De là, ces plantes sont mises à la disposition du public pour orner parcs et jardins.

Dans son catalogue dressé en 1863, von Siebold décrit la renouée du Japon comme l'une de ses plus brillantes introductions. En latin, les renouées sont des *Polygonum*, étymologiquement : des plantes à nombreux genoux. Ces genoux, ce sont en fait les articulations bien visibles de la tige, chacune pourvue d'une mince languette qui se développe à la base du pétiole des feuilles et nommée *ochrea*. C'est à cet ochrea qu'on reconnaît les plantes de la famille des Polygonacées, famille de l'oseille, du sarrasin et de la rhubarbe. Mais, chez notre renouée japonaise, il se fait souvent fort discret. On le discerne mieux chez la rhubarbe où il est parfaitement visible à la base des gros pétioles, lorsque la plante monte en fleur.

La discrétion de l'ochrea chez cette renouée, qui n'en est pas moins typiquement une Polygonacée par les caractéristiques de sa fleur, vient opportunément nous rappeler qu'une famille botanique ne se définit pas par un seul trait, mais par un ensemble de caractères coordonnés dont l'un peut même faire parfois défaut. En outre, ces caractères ne sont pas toujours constants mais diffèrent de la plante jeune à la plante adulte. Rappelons ce professeur de parasitologie qui définissait les Flagellés comme des êtres unicellulaires caractérisés « par la présence… ou l'absence » de flagelle ! On sait en effet qu'il arrive que les Flagellés perdent leur flagelle. On n'en appréciera que mieux la précision de cette description qui fait de tout être vivant unicellulaire un Flagellé putatif… les amibes compris !

Comme il advient généralement en botanique systématique, la renouée du Japon a changé plusieurs fois de dénomination. De *Polygonum cuspidatum* à *Fallopia japonica*, elle est finalement devenue *Reynoutria japonica* en l'honneur d'un botaniste français peu connu du XVIᵉ siècle. Cette renouée, belle herbe à la tige verticale, qui peut atteindre trois mètres de haut, exerce sur les écosystèmes aquatiques ou subaquatiques une force de frappe extraordinaire. Outre la reproduction sexuée par ses fleurs, apanage ordinaire des végétaux, elle dispose en effet de deux moyens de reproduction végétative : le bouturage spontané de fragments de tige, et la formation de très puissants rhizomes souterrains pouvant atteindre jusqu'à vingt mètres de longueur ! Autant dire que, lorsque la renouée est installée, il devient impossible de la déloger. Les désherbants sont impuissants à détruire le rhizome, et les moyens mécaniques ne donnent pas de meilleurs résultats.

Envahissante, elle est aussi vagabonde, et le père

Jean-Marie Tillard, récemment disparu, éminent théo-
logien dominicain, compare sa capacité d'imprégnation
et de dispersion à celle de l'Évangile dont le message
a perduré en Russie pendant les soixante-dix années de
glaciation communiste et d'athéisme officiel... Le
père Tillard a été fort impressionné par cette plante
robustement installée dans l'archipel de Saint-Pierre-
et-Miquelon dont il est originaire. Là comme ailleurs,
agences et administrations chargées de la gestion de
l'eau sont aux prises avec ce compétiteur redoutable et
agressif qui colonise les berges et les milieux humides
en toute région.

Enfant, j'accompagnai mon père qui plantait une
haie de thuyas le long du cimetière de mon village de
Rodemack, en Moselle, là où s'achèveront mes jours,
si Dieu le veut. Les thuyas se développèrent d'abord
avec vigueur, mais voilà que commença à poindre la
fameuse renouée. Une guerre sauvage s'engagea alors,
qui finit par tourner à l'avantage de cette dernière. L'on
vit les thuyas vieillir prématurément, puis dépérir, leurs
rameaux desséchés pendant tristement, alors que la terrible renouée manifestait une santé insolente. Finalement, les thuyas disparurent, mais la renouée, elle, est
toujours là. Abreuvée d'herbicides, elle n'en rejaillit
pas moins chaque année de ses solides rhizomes que
rien, semble-t-il, n'a pu éradiquer. D'où la perspective
réjouissante de reposer en paix et pour l'éternité à
l'ombre de ma renouée.

La troisième larronne de cette trilogie consacrée aux
grandes envahisseuses est pire encore. Car l'ambroisie
– c'est d'elle qu'il s'agit – cumule une impressionnante
capacité de prolifération avec une vigoureuse agressivité envers les humains auxquels elle flanque tous les
symptômes de l'allergie : rhinite, pharyngite, conjonc-

tivite, asthme. Et, pour cette raison, elle est désignée comme un péril imminent à éradiquer sans pitié.

Si l'ambroisie est moins ardente à conquérir l'espace que la jacinthe d'eau ou la renouée du Japon, elle n'en attire pas moins l'attention par cette extrême agressivité. Son histoire se développe en trois étapes, chacune liée à une évolution significative des activités humaines.

En 1863, elle débarque d'Amérique du Nord, son aire d'origine. Ses graines sont mélangées à des fourrages ou à des plants de pomme de terre américains disséminés en Europe. Jusque dans les années 1950, cette dissémination relève plus du vagabondage que de l'envahissement. Ainsi, dans ses *Quatre Flores de France*, parues en 1936, Paul Fournier la considère comme une adventice « originaire d'un pays étranger et accidentellement semée ». Mais, contrairement à certaines adventices qui ne se maintiennent pas sur leur nouveau territoire d'adoption, l'ambroisie est naturalisée, autrement dit, « elle se propage dans nos flores comme font nos plantes indigènes ». Enfin, Fournier la considère comme très rare dans notre pays. Elle apparaît à Lyon, à Mazamet, à Lille, mais toujours discrètement, sans faire de bruit. Personne ne s'intéresse à elle.

Pourtant, elle porte un beau nom : l'ambroisie n'était-elle pas, dans la mythologie grecque, la nourriture des dieux ? Quand on la froisse, elle dégage un délicat parfum de géranium et d'armoise. C'est d'ailleurs à celle-ci qu'elle doit son nom spécifique d'*Ambrosia artemisiaefolia* : ambroisie à feuilles d'armoise.

Viennent les années 1950 et, avec elles, les fameuses « Trente Glorieuses ». Brusquement, tout change. Partout on construit. Bulldozers et scrapers envahissent et remodèlent le paysage. À côté des canaux, des autoroutes, des voies ferrées, subsistent sur les tracés anciens ce que les juristes qualifient de « délaissés de terrain » : des friches pour le commun. Mais s'il n'y a pas d'orphelinats pour les accueillir, ces délaissés ne le sont pas par tout le monde ! Sur ces terres retournées, bousculées, bouleversées, friches récentes ou ruines, l'ambroisie trouve un emplacement de choix où s'installer. Car la plante est une rudérale, du latin *rudus*, décombre : elle aime ces milieux-là.

La troisième étape du règne de l'ambroisie est d'ordre économique. Lorsque, au début des années 1990, on réforme la Politique agricole commune (PAC) pour réduire la production alimentaire de l'Europe alors que huit cents millions d'humains continuent de par le monde à souffrir de la faim, l'ambroisie trouve une nouvelle niche écologique à conquérir : celle des terres laissées en jachère, nouvelles « délaissées » où elle se répand avec ardeur. C'est à cette même époque que se répand la culture du tournesol, également encouragée par la Politique agricole commune. Or l'ambroisie semble manifester une affection particulière pour cette Composée (Astéracée), l'une de ses cousines, en quelque sorte, puisqu'elle appartient à la même famille. Bref, l'ambroisie est désormais partout, en particulier dans la région Rhône-Alpes où sa présence ne passe pas inaperçue.

Car l'ambroisie s'invite non seulement parmi nos décombres et nos friches, mais aussi dans nos voies respiratoires où elle cause d'amples dégâts. Ses grains de pollen, qui ressemblent à de microscopiques oursins, sont en effet diffusés par le vent. Les instruments utilisés pour le contrôle de la qualité de l'air enregistrent une montée continue de ces grains dans l'air respiré. L'épidémie pollinique survient à partir de l'été et atteint son apogée en septembre ; elle prend en quelque sorte

le relais du rhume des foins dû au pollen des Graminées et qui fait son apparition à la fin du printemps et
au début de l'été. Les allergologues estiment que 6 à
12 % de la population est sensible au pollen d'ambroisie, manifestant rhinites, conjonctivites, trachéites,
crises d'asthme et, plus rarement, urticaires. Un chiffre
impressionnant ! Avec ces pollens, comme le dit un
dépliant destiné à provoquer une mobilisation générale, « ça pique, ça coule, ça étouffe, ça gratte… ». Il
faut donc, clament les pouvoirs publics et les allergologues, « éradiquer l'ambroisie » ! Vaste programme…
Comment éliminer une plante dont le dynamisme est lié
au développement de nos propres activités humaines ?
Comment l'extirper quand on crée partout de ces
friches dont elle se délecte ? Peut-être en couvrant les
sols de trèfle, par exemple ? Elle a en effet horreur de
la compétition et apprécie les sols découverts et enso-
leillés. Bref, le trèfle lui pompe l'air !

Autre stratégie : la mobilisation de bataillons courant
« sus à l'ambroisie » ! Ainsi, dans la région de Vienne,
cent soixante jeunes gens issus de quartiers défavorisés
ont désherbé durant tout l'été 2001. Mais rien n'y
fait, l'ambroisie est là et bien là : elle s'accroche, elle
résiste… Elle préfigure peut-être le genre d'aventure
que nous réserverait une plante transgénique allergisante
et compétitive qui s'engagerait dans une épopée de dissémination, d'envahissement et de conquête similaire à
la sienne. Que faire alors ? Rien, sinon s'en mordre les
doigts en déplorant la mauvaise gestion écologique de
la planète. Mais il sera trop tard…

L'ambroisie, comme son nom divin le laisse suppo-
ser, est une plante charmante. Herbe annuelle, elle
répand ses graines chaque année et disparaît entièrement jusqu'à la saison suivante. Ses feuilles ressem-

blent à celles de l'armoise, mais sont d'un vert plus franc sur les deux faces. Ses capitules de fleurs sont disposés en longs épis. Certains sont constitués exclusivement de fleurs mâles, d'autres de fleurs femelles : la plante est donc monoïque (elle possède les deux sexes sur un même individu, mais non sur un même épi). Ce sont les capitules mâles qui font problème en disséminant leurs millions de grains au vent dès le mois d'août. Ils confèrent à l'ambroisie le plus redoutable des modes d'agression dont puisse s'enorgueillir une espèce végétale : sa capacité allergénique.

Certes, les plantes toxiques sont elles aussi dangereuses et manifestent une tout autre forme d'agressivité, mais nul n'est condamné à s'en nourrir. Là, c'est autre chose : les milliers de victimes de l'ambroisie dénombrées dans la région Rhône-Alpes sont innocentes. Or, à considérer les cartes de répartition de l'espèce, on la détecte aujourd'hui dans de nombreuses régions d'Europe occidentale où il faudra s'attendre à de nouvelles épidémies.

Mais les plantes sont capricieuses, surtout les adventives, et, comme pour les épidémies, on assiste dans leur cas à des poussées et à des phases de régression. Peut-être faudrait-il tout simplement s'habituer à « démacadamiser » les tronçons routiers délaissés au profit d'un reprofilage de la chaussée, puis à les revégétaliser en les recouvrant promptement de trèfle. De même pour les ronds-points qui prolifèrent sur nos tracés routiers et dont l'épidémie est au moins aussi vigoureuse que celle de l'ambroisie !

Pour finir, n'oublions pas, dans la rubrique des grandes envahisseuses, la célèbre caulerpe, cette algue conquérante, très médiatisée, partie d'un aquarium du Musée océanographique de Monaco et qui se répand progressivement dans tous les fonds méditerranéens, entrant en compétition avec les «herbiers» sous-marins à posidonies, frayères idéales pour les poissons. Rien de tel pour la caulerpe qui, paradoxalement, stérilise les fonds marins en les recouvrant. Les nouvelles colonies sous-marines s'implantent sans cesse plus loin de leur lieu de départ, comme se développèrent au XVIe siècle les comptoirs portugais sur la côte africaine, dans l'océan Indien, puis en Indonésie. Mais chacun de ceux-ci était marqué par l'érection d'une croix au point le plus lointain atteint par les navigateurs, tandis que la caulerpe, envahisseuse invisible, se cache sous la mer et ne signale sa présence qu'aux plongeurs.

CHAPITRE IV

Les plantes font-elles la guerre ?

Nul besoin de parcourir de lointains déserts pour observer des plantes armées. Les talus de chemin de fer de la Côte d'Azur sont peuplés d'innombrables agaves dont les longues feuilles épaisses et charnues se terminent par un dard acéré. Les figuiers de Barbarie offrent des fruits qui seraient si faciles à consommer s'il ne fallait d'abord éliminer les multiples épines qui les recouvrent, comme d'ailleurs leurs tiges en forme de raquettes, indissociables des westerns de jadis. Et il est peu recommandé de fréquenter de trop près un palmier de la jungle de Guyane, l'*Astrocaryum aculeatum*, dont le tronc est hérissé de longs dards.

Ceux que l'on pourrait baptiser du néologisme «théologo-botanistes», qui se sont spécialisés dans l'étude des plantes de la Bible, se sont naturellement interrogés sur l'origine de la fameuse couronne d'épines que portait le Christ en croix. Trois candidates à ce titre ont été nominées : le *Paliurus spinachristi*, le *Ziziphus spinachristi* et le *Sarcopoterium spinosum*. Le troisième, qui ne porte pas le nom du Christ, est très commun autour de Jérusalem et l'on inclinerait à lui attribuer le césar. Car le *Paliurus* ne pousse pas dans la région de Jérusalem, mais nettement plus au nord. Reste comme outsider le *Ziziphus*, un jujubier sauvage à petites fleurs jaunes, courant dans les zones arides de Palestine. Pour mettre tout le monde d'accord, d'aucuns ont proposé une origine multispécifique à la fameuse couronne d'épines, arguant que des rameaux des deux ou des trois espèces ont pu être récoltés simultanément pour la tresser. Hypothèse peu plausible, tout comme il est peu probable que Saint Louis, pendant son séjour en Syrie (1250-1254), lors de la septième croisade, en ait effectivement rapporté la *vraie* couronne d'épines. Si l'authenticité de la relique fait problème, nous lui devons en revanche son écrin : l'admirable architecture gothique et les vitraux de la Sainte-Chapelle. Ce qui en subsiste aujourd'hui est une couronne sans épines conservée au trésor de Notre-Dame de Paris.

En bon darwiniens toujours à l'affût de quelque avantage sélectif, nous nous interrogerons sur ce que les épines apportent *en plus* aux végétaux. En fait, il serait plus aisé de gloser sur ce qu'elles leur apportent *en moins* : les épines sont généralement (mais pas toujours) des feuilles réduites à cet état. Dans ce cas, elles diminuent la surface des organes transpirants, ce qui constitue un avantage pour des plantes vivant en zone aride. Mais qu'en est-il lorsque ce sont des tiges qui se sont transformées en épines, comme dans le cas de l'épine noire (le prunellier) et de l'épine blanche (l'aubépine) ? Ou encore lorsque les épines sont des poils transformés, comme chez les roses ? On mettra alors en avant un second avantage sélectif : celui d'écarter les animaux prédateurs, découragés par ces organes agressifs, quoique défensifs. Mais alors, comment comprendre que les girafes manifestent tant d'intérêt pour les acacias dont les épines ne semblent guère les gêner ? De même que les lynx qui vont se jucher sur les cactus ? De leur côté, les ajoncs épineux, qui font le

charme printanier de la Bretagne et de l'Irlande, fournissent un excellent refuge aux faisans, friands de leurs
graines et qui ne s'accommodent pas si mal de leurs
rameaux hérissés. Pas plus que le premier, cet autre
avantage sélectif n'est donc aisément généralisable.
Admettons qu'en combinant les deux on ne s'éloigne
point trop de la vérité dans une nature complexe où
toute cause unique est rarement la bonne.

Diverses architectures végétales nous offrent d'autres
modèles d'armes blanches ; ainsi des tiges, aux dents
tranchantes alignées à la manière d'une scie, des palmiers rotangs ; de la pomme piquante du datura ou de
celle du cactus, boule hérissée d'épines en forme de
fléau d'arme ; sans oublier graminées et carex à feuilles
coupantes comme des lames : le sang jaillit promptement
de la blessure qu'elles vous infligent si vous les
parcourez du doigt dans le sens de la longueur.

Si d'innombrables plantes élaborent des poisons
fort dissuasifs pour le prédateur qui a généralement la
sagesse de s'en tenir éloigné, d'autres, plus malignes,
vous les injectent selon le principe de la seringue hypo-
dermique. Dans cet ordre d'idées, l'ortie pique, et les
Laportea, espèces américaines appartenant à la même
famille des Urticacées, piquent plus encore. Les poils
minces recouvrant les calices du *Mucuna pruriens*,
magnifique Fabacée africaine ressemblant à la glycine,
vous mettent littéralement le corps en feu, tant ces fines
aiguilles hyperagressives se répandent partout au fur et
à mesure que leurs infortunées victimes se trémoussent
et se grattent.

Si les plantes n'ont pas inventé les armes à feu, elles
ont néanmoins mis au point des modèles – certes primitifs – de fusils ou de mitrailleuses. Encore que leur
efficacité guerrière soit cette fois prise à défaut, car il

s'agit simplement, pour la plante, de diffuser ses graines en les expulsant violemment. Un art dans lequel excellent les balsamines et les Euphorbiacées : un arbuste de cette famille, *Hura crepitans*, expulse ses graines de sa capsule à grand bruit, d'où son nom ; son tronc est revêtu en outre de puissantes épines, ce qui lui vaut d'être planté en Afrique dans les villages : on peut se reposer en toute quiétude sous son feuillage, à l'abri des serpents qui ne vous tomberont pas dessus, n'ayant pu grimper le long de leur tronc. Lorsque le soir tombe sur le Jardin exotique de Monaco, d'étranges et bruyantes explosions vous surprennent : un botaniste averti saura qu'il assiste à l'éjection violente de graines d'euphorbes cactiformes, favorisée par la chute de température liée au coucher du soleil.

Enfin, à la guerre conventionnelle se rattachent encore les stratégies développées par la dionée, qui a inventé le piège à loup miniature. Ses feuilles, hérissées sur leur bord de fortes épines, pivotent autour de leur nervure principale dès qu'un insecte s'y pose. Les deux moitiés de la feuille se replient alors l'une sur l'autre, emboîtant leurs épines et emprisonnant du même coup la malheureuse victime. Mais la dionée, comme toutes les carnivores, va plus loin : non contente de faire un prisonnier, elle s'en nourrit et le digère. Ainsi entrons-nous avec elle dans les stratégies de la guerre chimique.

Dans son *Mémoire pour servir à l'histoire des assolements*, Maquaire écrit, en 1833 : « On sait que le chardon nuit à l'avoine, l'euphorbe et la scabieuse au lin, l'ivraie au froment ; peut-être les racines de ces plantes suintent-elles des matières nuisibles à la végétation des autres ? » – et d'ajouter : « La plupart des végétaux exsudent par leurs racines des substances impropres à leur végétation ; la nature de ces substances varie selon les familles des végétaux qui les produisent… » De fait, Maquaire avait vu juste, et l'agriculture biologique tient le plus grand compte de ces compatibilités et incompatibilités entre végétaux.

Considérant les plantes comme des êtres vivants, plusieurs botanistes s'étaient déjà interrogés sur leur capacité à fournir des excréments, car on ne les voyait ni se nourrir, ni uriner, ni déféquer… Certes, les étamines émettent une poudre jaune que Joseph Pitton de Tournefort, au XVIIe siècle, avait identifiée comme étant un excrément végétal… Affirmation hasardeuse puisque, à son époque, des botanistes allemands et anglais avaient déjà reconnu dans le pollen les spermatozoïdes des plantes. On sait aujourd'hui que les exsudats, surtout racinaires, représentent de véritables armes chimiques dont les micro-organismes ne sont pas les seuls à détenir le secret. Bactéries et champignons savent certes protéger leur territoire par le mécanisme de l'antibiose, au moyen de molécules (les antibiotiques) hostiles à leurs compétiteurs. Ce que nous avons pu habilement détourner à notre profit pour anéantir nos propres compétiteurs, bactéries ou champignons pathogènes. Mais les plantes supérieures en font autant, parfois même au détriment de micro-organismes susceptibles de produire des antibiotiques. Les semences de seigle en cours de germination libèrent de la benzalone, une toxine fatale à un petit champignon du genre *Fusarium*, agent de la « pourriture de neige ». Ainsi, pendant la mauvaise saison, les jeunes plants de seigle se trouvent-ils protégés contre cette maladie.

Mais il arrive que certaines stratégies végétales aillent à l'encontre des effets escomptés. Les graines de pois émettent dans le sol des excrétions qui réveillent les spores dormantes d'un autre *Fusarium* : manière imbécile de mobiliser ses ennemis contre soi. Les incompatibilités signalées par Maquaire sont généralement causées par l'émission dans ou sur le sol de substances toxiques, dites allélopathiques (étymologiquement : « qui font souffrir les autres »). Ces mécanismes de toxicité à distance (de « télétoxie ») sont légion. Ainsi des graines de violette disposées sur un papier filtre humide en présence de semences de blé inhibent totalement la germination de ces dernières. Dans la famille des Lamiacées, la mélisse défend vigoureusement son territoire et gêne la croissance de la sauge qui se trouve à proximité. Dans les mêmes conditions, la lavande se porte plus mal encore. Quant à l'absinthe, elle inhibe à distance la croissance du fenouil, pourtant de la même famille botanique des Apiacées, qui prend alors une allure encore plus misérable que le port filiforme et dégingandé qu'il arbore d'ordinaire. Le noyer est particulièrement doué pour faire le vide autour de lui, ou plutôt sous lui ; Pline l'Ancien avait attribué à son ombre la propriété de tuer les plantes qu'elle couvre. La molécule toxique à l'œuvre est la juglone, présente dans les feuilles et dans le brou, entraînée par les eaux de pluie dans le sol. Bien malin celui qui ferait pousser un plant de tomate sous un noyer ! Même les petits animaux ne sont pas insensibles à cette toxine qui exerce sur eux un effet sédatif. Et bactéries et champignons ne sont guère mieux lotis, la juglone leur causant de sérieux dommages.

Si, dans ces divers exemples, les atteintes chimiques visent des individus appartenant à des espèces différentes de l'émetteur, illustrant en cela le principe de la guerre conventionnelle où les ennemis qui s'affrontent servent les drapeaux de nations différentes, les choses se corsent lorsque la compétition chimique tourne à la guerre civile. Tel est le cas de figure que nous offre une petite épervière sauvage, la piloselle.

La piloselle a ses feuilles étalées sur le sol et émet des tiges fleuries aux capitules jaune citron évoquant, en plus petits et en plus pâles, ceux des pissenlits. Il s'agit d'une liguliflore de la famille des Astéracées. Si petite qu'elle soit, la piloselle parvient à accroître ses colonies à pas de géant – certes, tout ici est relatif... – au détriment de la végétation environnante. Mais, au fur et à mesure qu'elle se propage, les individus du centre de la colonie dépérissent : la piloselle continue à progresser en cercles concentriques vers l'extérieur, tandis que l'intérieur du premier cercle se dénude. Puis, au bout de quelque temps, après de fortes pluies qui lessivent le sol nu de la zone centrale, des graines de piloselle y germent derechef et redonnent de nouveaux individus. Que s'est-il donc passé ?

L'agressivité chimique de la piloselle procède en deux temps. Elle s'exerce d'abord au détriment des espèces voisines dont la taille et le nombre diminuent. Millefeuilles et millepertuis périclitent, et seules quelques rares espèces comme le thym et le serpolet parviennent à lui tenir tête, étant à même de résister au travail de sape de la piloselle. Les espèces cultivées y sont elles aussi sensibles : des plantules de lin, arrosées avec des extraits dilués de racines de piloselle, dépérissent aussitôt. Le blé ne résiste guère mieux, mais le radis tient bon... Puis, dans un second temps, quand la plante s'est copieusement installée sur les terres de ses voisines où elle a fait le vide, ses sécrétions racinaires deviennent si abondantes qu'elles finissent par inhiber la croissance de la plante elle-même ; ainsi le dénude-ment du centre des colonies est causé par une accumulation d'exsudats racinaires toxiques qui ne laissent plus aucune chance de survie aux individus qui y poussent ; la piloselle s'est auto-intoxiquée. Mais que la pluie lessive le poison, et la piloselle se réinstalle sur ces zones ainsi « dépolluées ». On voit dans cet exemple qu'à force de tuer les autres la piloselle finit sinon par s'annihiler elle-même, du moins par partiellement se détruire. Elle passe de la télétoxie à l'autotoxicité.

C'est exactement ce qui se produit avec les agriculteurs qui utilisent immodérément les pesticides. En janvier 2003, le professeur Sultan, endocrinologue pédiatrique au CHU de Montpellier, tirait la sonnette d'alarme : sur mille trente-trois naissances de garçons en 2002, vingt-cinq nouveau-nés présentaient de graves anomalies de l'appareil génital. Or on sait que les pesticides – et pas seulement chez nous, mais aussi chez bon nombre d'espèces animales (ours polaires, panthères, grenouilles, etc.) – produisent des effets semblables à ceux des hormones femelles : ils « féminisent » ces spécimens. Entreprenant une enquête épidémiologique, Charles Sultan put aisément montrer que les fils d'agriculteurs couraient quatre fois plus de risques de manifester une malformation génitale, les pesticides se retournant en quelque sorte contre ceux qui les emploient, en particulier les arboriculteurs qui vont jusqu'à pulvériser trente fois leurs arbres fruitiers au cours de la même année. La guerre chimique menée contre les parasites et autres ravageurs de cultures se retourne alors contre ses auteurs. Un problème écologique particulièrement brûlant aujourd'hui et qui illustre tragiquement le scénario de l'arroseur arrosé.

Des phénomènes semblables, mais plus spectaculaires encore que chez la piloselle, ont pu être observés chez une Astéracée des régions désertiques du Mexique,

Parthenium argentatum, la guayule. Très répandue dans les déserts du Nouveau-Mexique et du Texas, la guayule a connu son heure de gloire durant la Seconde Guerre mondiale, car elle émet un latex dont on fabrique un caoutchouc tout à fait acceptable. Dans leur habitat naturel quasi désertique, les arbrisseaux de guayule sont espacés les uns des autres, chacun disposant d'un territoire en rapport avec les quantités restreintes d'eau disponible. Mais, dans les champs de guayule cultivée pour la production du caoutchouc, un étrange phénomène ne tarda pas à se manifester : les plantes poussant au centre restaient chétives ; elles étaient en moyenne deux fois plus petites que celles poussant en lisière du champ. Parmi ces dernières, il apparut en outre que celles qui poussaient aux quatre coins du terrain étaient nettement plus vigoureuses que les autres. À la suite de recherches agronomiques, on découvrit que les racines de la guayule émettent d'importantes quantités d'acide transcinamique, substance allélopathique toxique qui agit aussi bien sur la plante qui l'émet que sur d'autres espèces vivant dans son voisinage. On comprend dès lors le mécanisme du phénomène observé : la concentration de toxique sécrété par les racines est beaucoup plus faible sur les bords qu'au centre du champ où les excrétions radiculaires toxiques proviennent par diffusion de toutes les directions, chaque plante étant entourée de tous côtés par des voisines allélopathiques. En revanche, sur les bords, les sécrétions toxiques ne proviennent que de l'intérieur du champ ; la plante y est donc moins exposée. Mais, pour ces plantes du bord, mieux vaut encore être placées aux quatre coins ; là, les sécrétions délétères ne proviennent que d'un quadrant : la plante y est presque indemne, ce qu'elle exprime par son meilleur état de santé.

Dans cet exemple, chaque individu protège isolément son propre territoire en milieu naturel (dans le désert). Mais si l'homme vient à modifier cet arrangement, l'espèce alors s'auto-intoxique par un effet de surdensité. Comme nous le verrons chez les rats, l'excès de densité déclenche l'agressivité. Ainsi, pour un pied de guayule, serait-il fort avantageux de se placer, s'il pouvait choisir, en bordure de champ : c'est le meilleur moyen d'échapper aux agressions chimiques émanant du centre.

Remarquons que c'est tout le contraire lorsqu'on est un grenadier de la garde impériale : lorsque, à Waterloo, à l'arrivée de Blücher, Napoléon fit donner le dernier carré de la Garde, mieux valait certes se trouver au centre, protégé des armes ennemies par quelques épaisseurs humaines. Où l'on voit qu'un carré n'en vaut pas un autre, et que le choix du meilleur endroit dépend des circonstances…

Les excrétions foliaires, radiculaires ou séminales représentent un facteur écologique essentiel dont on tient en général fort peu compte. Sans doute contribue-t-il à expliquer certains phénomènes autrement inexplicables. Le solide chêne pédonculé, *Quercus robur*, le « chêne fort », se régénère mal sur des sols acides où il subit la vive concurrence d'une Graminée, la molinie (*Molinia caerulea*) et d'un carex (*Carex brisoïdes*). Ces herbes basses constituent de denses tapis qui inhibent les semis de chênes, lesquels ne peuvent plus s'y installer et y germer. Cette inhibition est due à des excrétions allélopathiques de ces deux espèces à l'encontre des chênes.

Mais l'allélopathie peut au contraire apporter une grande efficacité à certaines plantes qui en font bon usage, voire, mieux encore, un usage qui nous convient :

le sarrasin ou blé noir, par exemple, est considéré par les agriculteurs comme une culture propre, car il élimine les adventices par ses sécrétions racinaires.

Enfin, ces phénomènes permettent d'expliquer en agronomie les fameuses « fatigues » des sols. Dès 1834, Candolle indiquait : « Un pêcher gâte le sol pour lui-même à ce point que si, sans changer la terre, on replante un pêcher dans un terrain où il en a déjà vécu un auparavant, le second languit et meurt, tandis que tout autre arbre peut y vivre… » Les Africains savent que le sorgho fatigue le sol de même manière en libérant un composé toxique, voire autotoxique. D'où la nécessité de ne le semer que tous les quatre ans, par assolement quadriennal, en alternance avec un engrais vert et de l'arachide, qui se porte fort bien dans un champ précédemment occupé par le sorgho et où celui-ci se refuserait à pousser.

Dans toutes ces stratégies, la plante s'emploie à contrôler un territoire grâce à ses émissions chimiques. Ainsi se fait déjà jour chez les plantes la notion de « territoire », qui revêtira chez les animaux une importance considérable. Défendre son territoire suppose la mise en œuvre de moyens offensifs ou défensifs qui, tous, mettent en jeu des réactions agressives : attaquer ou défendre un territoire, c'est faire la guerre. Ici, chez les plantes télétoxiques, le territoire est contrôlé par l'émission de molécules qui ne vont pas sans évoquer les gaz de combat : le compétiteur est éliminé, mais, si l'arme chimique est surdosée, l'attaquant l'est aussi, comme on l'a vu dans le cas de la piloselle.

Si, dans ces exemples, chaque plante défend son territoire, on ne voit cependant émerger aucune hiérarchie entre elles : aucun individu ne dépend de son voisin, sauf à succomber sous ses émissions délétères. Mais il ne se noue entre individus aucun lien personnel comme nous en verrons se développer dans le monde animal. De ce point de vue, le monde des plantes est un monde sans chef!

CHAPITRE V

Le libéralisme chez les plantes

Les plantes exercent-elles entre elles une autre forme d'agressivité que celle liée à leurs excrétions racinaires ? Certes ! Et, par un surprenant paradoxe, cette agressivité est liée à leur mobilité. Non pas à cette mobilité passive qui les berce au moindre souffle de vent, mais à leur mobilité active, efficace et entreprenante : la mobilité liée à la croissance.

On confond souvent fixité et immobilité. Si la plante est fixée au sol, sauf rares exceptions, elle n'en est pas pour autant immobile. Un observateur attentif verra un *Phyllostachys*, ce grand bambou, pousser à la vitesse de l'aiguille des minutes sur le cadran d'une montre : avec près d'un mètre par jour, il bat le record de rapidité en matière de croissance végétale. Si les plantes nous paraissent immobiles, c'est parce que nous nous en tenons à l'échelle des temps humains. Pourtant, en utilisant la caméra pour filmer image par image et faire défiler ensuite ces prises de vues en accéléré, quel spectacle magnifique que la germination d'une graine, l'épanouissement d'une fleur ou le débourrement d'un bourgeon[1] ! Tout alors s'anime comme ces person-

---

1. On se reportera sur ce thème à la série télévisée que nous réalisâmes avec Jean-Pierre Cuny, *L'Aventure des plantes* (TF1, 1986),

nages à la démarche rapide et saccadée des premiers films muets. Mais laissons à Francis Hallé[1], éminent spécialiste des flores tropicales, le soin d'observer une forêt équatoriale en modifiant le rythme du temps.

« En s'appliquant, il est possible de voir la croissance spirale d'une liane vigoureuse dont la vitesse est celle de la grande aiguille d'une horloge. Multiplions la vitesse par cent : une minute de notre temps correspond alors à un peu moins de deux heures… Les mouvements des plantes, qui sont en réalité des croissances, deviennent évidents. C'est à vue d'œil que les tiges poussent vers le ciel, que les jeunes feuilles s'ouvrent, que les lianes s'enroulent ou que les racines du figuier étrangleur s'allongent en direction du sol… Multiplions encore par cent la vitesse de l'écoulement du temps : une minute d'observation correspond alors à un peu plus de huit jours. La transformation est spectaculaire. […] Ce qui bouge maintenant, ce sont les plantes dans leur croissance végétative. On perçoit aisément la vigueur avec laquelle elles s'élancent vers la lumière de la canopée, et on perçoit aussi la compétition qui les oppose les unes aux autres. […] Les fleurs et les fruits évoluent trop vite pour être perçus autrement que sous la forme d'éclairs de couleurs : la sexualité des plantes partage l'échelle de temps des animaux. […] Encore une accélération par cent, de sorte que notre minute d'observation couvre maintenant plus de deux ans. […] Les mouvements des plantes, s'ils restent assez calmes dans l'ombre du sous-bois, perdent de

où, grâce au cinéma, les plantes nous paraissent mobiles, actives et même rapides dans leurs mouvements.

1. Francis Hallé, *Éloge de la plante. Pour une nouvelle biologie*, éd. du Seuil, Paris, 1999.

leur majesté dans les strates hautes les plus éclairées où ils tendent à devenir quelque peu frénétiques. Les lianes se battent dans une sorte de féroce fourmillement, s'affaissant puis repartant vers le haut comme des flèches. […] Encore une accélération, et notre minute devient deux siècles. […] L'on observe alors l'écologie de la forêt en action. Le figuier étrangle son support et s'effondre ; partout de jeunes arbres atteignent la canopée et explosent comme des feux d'artifice en couronnes de branches maîtresses, puis s'effondrent à leur tour, formant des chablis qu'envahissent rapidement les arbres pionniers et les lianes. En trois minutes, ces chablis se cicatrisent et d'autres arbres tombent, entretenant dans la forêt une structure en mosaïque. Tandis que le temps se rétrécit, la violence s'empare du monde des plantes. Ce qui était calme et serein à nos yeux, devient vigueur, fougue, agression mutuelle. Subitement, tout s'emballe. Le monde végétal s'enflamme, la compétition s'exacerbe, révélée par cet artifice. »

Telle est donc, prise sur le vif au cœur d'une forêt équatoriale, la vie mouvante et fulgurante du monde végétal où luxuriance, envahissement, agressivité caractérisent la croissance. Car le voici, le fameux *struggle for life* : ce n'est autre que le renouvellement perpétuel de la vie. Le seul fait de devoir, pour survivre, se faire une place au soleil, explique, chez les plantes qui vivent du soleil, une continuelle compétition vers le haut. Mais la nature a en quelque sorte limité les dégâts, divisant soigneusement les sociétés végétales en castes et sous-castes, comme le firent les peuples de l'Inde ancienne.

Au sommet, la caste des arbres dont les plus hauts culminent à plus de cent mètres (eucalyptus, séquoias).

Vue du ciel, la strate arborescente moutonne et ondule comme la mer ; elle capte plus de 90 % de la lumière disponible engagée dans les processus de la photosynthèse grâce à cette merveille du patrimoine végétal : la chlorophylle. Viennent ensuite la strate des arbustes, entièrement recouverte par les arbres, puis, plus bas encore, celle des herbes, et, au ras du sol, celle des mousses. Cette stratification correspond à une utilisation rationnelle de l'énergie solaire. La quantité de lumière disponible diminue d'une strate à l'autre, au fur et à mesure qu'on se rapproche du sol. Mais, comme la nature est bien faite, les herbes forestières et les mousses ont besoin de peu de lumière. Entre elles, notamment dans les forêts tropicales, comme l'a si bien montré Patrick Blanc [1], la compétition est faible, voire nulle ; tout l'espace disponible au sol étant loin d'être recouvert, chacun des individus vit sa vie tout seul sur des biotopes pauvres en lumière et en ressources. Entre eux, plus aucune agressivité compétitive, plus de *struggle for life*. D'ailleurs, cette loi de la jungle que le XIXᵉ siècle a magnifiée est sans doute moins accusée et moins forte qu'on ne le croit. De puissants mécanismes de solidarité l'atténuent. Nous y reviendrons dans un prochain ouvrage.

À cette stratification en altitude correspond une stratification inverse dans le sol. Chaque strate exploite un niveau différent selon la profondeur des racines. Il en résulte une utilisation rationnelle de l'eau et des sels minéraux disponibles, la compétition ne s'exerçant pas entre les différentes strates, mais uniquement entre individus appartenant à la même strate. On n'imagine

---

1. Patrick Blanc, *Être plante à l'ombre des forêts tropicales*, éd. Nathan, Paris, 2002.

pas les minces filets des mousses, qui ne dépassent jamais quelques centimètres, entrer en compétition avec les racines du chêne qui descendent à plusieurs dizaines de mètres…

La stratification en hauteur et en profondeur permet le partage des ressources : la lumière en l'air, l'eau et les sels minéraux sous terre. Compétition et partage : à nouveau les deux images de la Vie, son avers et son revers.

Au niveau de chaque strate, la niche écologique, définie par la nature et le volume des ressources disponibles, est complètement saturée – et même sursaturée pour les arbres dans la mesure où les feuilles occuperaient, par rapport à une projection au sol du spécimen qui les porte, une surface nettement plus vaste que l'aire de celle-ci. Un grand arbre de quarante mètres de haut occuperait, si toutes ses feuilles étaient juxtaposées et soudées les unes aux autres, une surface de plus d'un hectare ! En répartissant ses feuilles en hauteur et en épaisseur, l'arbre exploite sur une superficie réduite un maximum de lumière. Il réduit d'autant la compétition avec ses voisins et n'entre pas du tout en compétition avec les herbes du sous-bois, pas plus qu'un pharmacien n'entre en compétition avec un cordonnier : ils exploitent des « niches » différentes. Là, la compétition n'existe qu'au sein de la même profession ; ici, de la même strate.

Sous l'Ancien Régime, cette sorte de compétition était strictement contrôlée par le système des corporations, contingentant l'exercice de chaque profession et limitant la concurrence. Le système du *numerus clausus* régissant l'installation des pharmacies est une survivance de ce type d'organisation : en principe, on ne verra jamais deux officines installées côte à côte. Tout comme, dans un verger, les arbres sont séparés pour ne pas se faire de l'ombre, elles sont harmonieusement (économiquement) réparties dans l'espace.

En séparant les niches écologiques des arbres, des arbustes, des herbes et des mousses en fonction de leurs besoins décroissants en lumière, la nature a veillé à gérer avec soin ses impulsions compétitives. Ce système évoque le monde d'autrefois et ses trois ordres : clergé, noblesse et tiers état ; un système assignant à chacun un statut déterminé par la fortune et la naissance, sans grande possibilité d'échapper à son sort. La notion d'« ascenseur social » propre à nos sociétés modernes ouvre plus largement les possibilités de promotion, mais exacerbe du même coup le niveau global de compétition. Et si le monde végétal, par le système des strates, évoque plutôt l'Inde ou notre Moyen Âge, les lianes, en revanche, sont une belle illustration du processus de l'« ascenseur » : passant d'une strate à l'autre pour atteindre les sommets de la canopée, elles assurent leur ascendant sur leur support qu'elles enlacent, on l'a vu, au point de le tuer. Ce sont elles les grandes prédatrices du monde végétal.

Mais au sein de la niche elle-même, mettons dans une forêt tropicale humide, qu'en est-il pour les arbres dont les houppiers se développent à plus de trente mètres du sol ? Cette fois, la compétition est agressive, féroce, car chacun veut se faire la plus grande place au soleil. Les arbres tendent à se marcher sur les pieds en entremêlant leurs racines, et sur la tête en se recouvrant mutuellement. S'ils pouvaient, ils se fuiraient. Michel Tournier, dans une émission télévisée, disait qu'« ils ne s'aiment pas ». Allez savoir ! Certains se fuient en effet : les pins parasols éloignent autant que faire se peut leurs frondaisons pour ne pas entremêler leurs ramures. Francis Hallé les dit « timides ». Il est vrai que j'en ai vu trois, à Rabastens, dans le Tarn, qui éloignaient leurs troncs au maximum pour ne pas s'« emmêler les pinceaux ».

De même, la plupart des plantes évitent d'entrer en compétition avec leur progéniture. Elles ne maternent par leurs petits mais les éloignent, car sous elles ils risqueraient de manquer de lumière et d'aliments. Donc elles les dispersent au loin en diffusant leurs graines par le biais des animaux ou du vent, leur donnant ainsi une chance d'atterrir dans des milieux plus ouverts où la compétition se révélera moins rude ; en forêt, une clairière, par exemple. Les mécanismes de dispersion compensent par ailleurs l'immobilité des plantes, leur conférant un réel pouvoir de conquête, voire, on l'a vu, d'envahissement. Ce faisant, elles ignorent les comportements agressifs liés chez les animaux au maternage et à la protection des petits, comportements souvent féroces à l'égard de ceux qui les menacent.

Dans nos forêts jardinées, les forestiers régulent la compétition : ils éliminent au fur et à mesure les arbres les plus chétifs et favorisent du coup les plus forts, qui s'en donnent alors à cœur joie. Dans une pessière – forêt d'épicéas –, il faut voir le sort peu enviable des dominés qui dépérissent misérablement à l'ombre de leurs maîtres plus hauts et plus denses. Tout s'y passe comme dans ces internats où, si la vigilance des surveillants se relâche, les plus costauds ont tôt fait de mettre un malheureux souffre-douleur à leur merci : universalité des lois de la Vie, de la lutte imposée par la croissance, inconcevable sans la nécessaire compétition qui en est le corollaire. Un système que le libéralisme, lorsqu'il prône la concurrence « pure et sans entrave », illustre à merveille.

Y aurait-il donc malgré tout des chefs chez les plantes ? On peut le dire dès lors qu'on attribue ce titre à celles qui pompent l'air et la lumière à d'autres placées en dessous. Mais ces rapports s'instaurent selon le pur hasard des germinations ou des repousses. Il n'existe pas d'organisation structurée au sein de communautés menées par des leaders, pas de chef au sens où nous l'entendons, simplement une myriade d'individus tous tendus vers le même but : capter un maximum de lumière et, pour cela, s'adjuger un maximum de place. Une compétition toute simple, non régulée –, à l'état pur, en quelque sorte. Telle est l'agressivité végétale.

Cette agressivité liée à la croissance est indissociable de la Vie ; c'en est une des caractéristiques. Mais elle est limitée par la multiplicité et la diversité des niches écologiques que la pression de l'évolution remplit autant que le permet la compétition interne entre tous leurs occupants.

La compétition s'exerce donc à l'intérieur des niches et, éventuellement, entre niches extrêmement voisines et aux caractéristiques écologiques semblables. De même, dans une rue urbaine, point de compétition sauvage entre tous les commerces : chacun exerce dans sa niche et exploite la clientèle correspondant au service offert par sa profession. Par contre, la compétition s'exerce au sein de la même niche, entre marchands de fringues ou de chaussures, par exemple. Mais nous faisons ici déjà référence au règne animal, beaucoup plus structuré que celui des plantes.

En passant du monde végétal au monde animal, le champ de l'agressivité se déplace, en effet : il est désormais étroitement lié à la sexualité et au territoire. Mais à un territoire élargi bien au-delà des limites physiques de l'individu.

CHAPITRE VI

Un monde sans chef

Quand une plante nouvelle envahit un territoire, qui donc commande ses vaillants bataillons ? Quand une plante use de ses armes chimiques, à quels ordres obéit-elle ? Dans une forêt, la compétition est-elle réellement aveugle, anonyme, sans règle et sans loi ? Où donc se cache chez les plantes le pouvoir dont la conquête ou la conservation sont, chez nous, objets de rivalités et de guerres ?

Ici rien de tel, du moins en apparence. Le regard flâne sur les fleurs du jardin, leur beauté nous repose. Fixer un animal génère au contraire une certaine tension : l'attention crée la tension. On ne rêve pas en regardant un chat jouer avec une souris, et l'attitude mentale n'est pas la même selon qu'on se promène dans un jardin fleuri ou dans un zoo. Tout chez les plantes paraît si immobile et si pacifique, mais seulement dans notre temps à nous.

Même impression sous les tropiques où la démocratisation du trafic aérien déplace aujourd'hui les foules venues du Nord : les mers chaudes, les lagons verts, les cocotiers sont devenus les symboles du rêve européen. Sous ces cieux sans hiver règne une étrange impression d'immobilité, de permanence de la nature, un ersatz d'éternité qui se perpétue au long des jours dans le frissonnement des palmes caressées par les alizés.

Étranges, ces cocotiers, si différents des arbres de nos contrées : ils nous livrent quelques secrets touchant à l'exercice du pouvoir chez les végétaux. Avec eux, nous allons passer du dehors au dedans, de l'organisation sociale à l'organisation interne. Là, la mécanique du pouvoir se laisse aisément percevoir, car cette organisation interne – leur plan de construction et de développement – révèle une stricte hiérarchie qu'il convient de décrypter.

Observons une coupe de leur tronc : pas de cernes, mais des faisceaux de fibres parallèles ; donc pas de bois au sens ordinaire du mot. La structure du cocotier est fibreuse, analogue à celle d'une herbe qui, par définition, ne fait jamais de bois. Que le sable de la plage dégage sa base et le cocotier livre les secrets de son anatomie : un amas de faisceaux fibreux s'enracine dans le sol. Par opposition aux vrais arbres au tronc compact, les botanistes les considèrent comme des herbes géantes. Herbes qui, de surcroît, montent tout droit, d'un seul jet, sans ramifications latérales.

Comme tous les palmiers et quelques autres plantes tropicales, elles doivent ce port original au fonctionnement d'un méristème unique situé à l'extrémité de la tige. Un méristème est un ensemble de cellules embryonnaires qui, en se divisant et en s'allongeant, président à la croissance végétale. Chez nous autres humains, le méristème, ce sont les cellules de l'embryon dont les divisions successives marquent le point de départ de la formation d'un nouvel individu. C'est ce méristème embryonnaire, résultant des divisions de l'œuf, qui, de la même manière, est à l'origine de la formation des végétaux. Mais, à la différence du monde

animal, ceux-ci disposent de méristèmes supplémentaires. Un seul dans le cas du cocotier, qui progresse en
continu vers le haut. Par divisions successives de ses
cellules, il forme des rosettes de feuilles dont les plus
vieilles s'éliminent tandis que les plus jeunes protègent
cet organe stratégique fragile dont dépend toute la vie
de la plante : le bourgeon terminal. Qu'on le coupe, et
c'en est fini du cocotier ! Seul demeure alors, tristement dressé vers le ciel, le stipe (on ne dit pas le tronc,
puisqu'il ne s'agit pas d'un arbre) nu et solitaire, droit
comme une colonne – d'où l'épithète «colonnaire»
donnée à ce type d'architecture.

Ainsi ce méristème situé à l'extrémité de la tige, à
son apex – et, pour cela, nommé apical –, exerce-t-il
un pouvoir de vie ou de mort sur la plante entière. Bref,
le cocotier a adopté un système d'organisation interne
typiquement jacobin, que l'on aurait autrefois qualifié,
à la grande époque du communisme, de «centralisme
démocratique» : tout le pouvoir est à la tête. Le méristème apical, c'est le souverain dans une monarchie
absolue. Sauf que, dans ce dernier cas, lorsque la tête
tombe, la vie de la société continue…

Rien de tel chez un chêne qui multiplie branches et
rameaux à l'infini. Ici, point de centralité, point de
jacobinisme. Les méristèmes sont innombrables ; ce
sont les bourgeons, et chacun donne libre cours à
son existence. En résulte un système de réitération en
continu : chaque branche maîtresse ressemble à un
nouvel arbre, donnant à son tour des rameaux, et ainsi
de suite. Un système totalement décentralisé, typiquement girondin, profondément libéral, où le pouvoir est
partout et nulle part, en tout cas insaisissable dans un
organe particulier qui l'exercerait à lui seul. Si le coco-

tier a une architecture *colonnaire*, le chêne a une structure de style *coloniaire* : c'est un rassemblement d'éléments distincts, chacun provenant d'un bourgeon,
disposés en colonies comme le sont les cellules des
êtres inférieurs, les éponges par exemple[1].

La structure du chêne illustre et symbolise l'organisation générale du monde des plantes dont on considère
qu'il forme un règne : le règne végétal. Mais un règne
qui n'a point de roi. Hormis son strict territoire, limité
à la surface des systèmes foliaire et racinaire, éventuellement élargi par le halo des excrétions racinaires,
une plante n'exerce strictement aucune autorité sur une
autre. Elles ne forment entre elles ni clans, ni tribus, ni
familles au sens où l'on entend ces termes dans les
sociétés animales et humaines.

Pourtant, le mécanisme des excrétions racinaires,
provoquant les inhibitions de croissance décrites plus
haut, n'est pas sans présenter une étonnante analogie
avec le fonctionnement d'une troisième sorte d'arbre :
le sapin. Celui-ci ne ressemble ni à un cocotier ni à un
chêne. Son port pyramidal lui confère une allure qui
n'appartient qu'à quelques conifères étroitement appa-
rentés ainsi qu'à de très rares plantes à fleurs comme le
muscadier, par exemple. Par son fonctionnement, le
sapin se situe en quelque sorte à mi-chemin entre le
cocotier et le chêne. Comme le premier il possède un
méristème apical qui préside à sa croissance vers le
haut ; mais, comme le chêne, il possède aussi des méristèmes secondaires situés en amont, sur l'axe central de
l'arbre. Or ces méristèmes secondaires – ces bourgeons

---

1. Faut-il rappeler que les cellules originelles des éponges portent
des noms étranges et phonétiquement burlesques : Ascon, Sycon,
Leucon… ?

– ne pourront débourrer que pour autant que le méristème apical cessera de les dominer ; en l'occurrence, de les inonder d'une hormone, l'auxine, qui bloque leur débourrement. Quand la dose d'auxine reçue par les bourgeons latéraux diminue du fait de la croissance, donc de l'éloignement du bourgeon apical, ces bourgeons jusqu'alors dominés cessent d'être sous l'influence de l'auxine et se développent à leur tour. D'où, au sommet du sapin, une tige dressée bien droite et, à sa base, deux petites pousses latérales encore courtes, car elles viennent de voir le jour. Puis, au fur et à mesure que l'on descend vers la base du tronc, les pousses latérales ont eu le temps de grandir, et ce d'autant plus qu'elles sont plus anciennes, donc plus éloignées du bourgeon apical. D'où le port pyramidal si caractéristique de ce conifère.

Mais, cette fois, comme dans le chêne, et à la différence du cocotier qui l'ignore totalement, le processus de réitération se produit : les tiges latérales progressent chacune par leur propre bourgeon apical situé à leur extrémité et qui domine à nouveau les bourgeons situés immédiatement en amont, lesquels débourrent à leur tour quand ils cessent d'être dominés. Ainsi, chaque branche de sapin se divise à son tour et contribue à la construction de l'arbre entier.

Pendant la guerre, où tout manquait, y compris les sapins de Noël, mon père allait en forêt couper une grosse branche de sapin qui se parait de boules multicolores, de bougies, de givre et de cheveux d'ange. Chaque année il prélevait une branche sur le même sapin, isolé dans une vaste forêt de feuillus et dont le sort eût été tragique si la Seconde Guerre mondiale avait duré cent ans… car nous l'aurions entièrement dépouillé ! Soixante ans plus tard, ce sapin, je l'ai revu dans toute sa robustesse ; il est le seul arbre dont j'aie suivi le développement depuis ma petite enfance.

Ainsi, chez le cocotier, un chef : le bourgeon apical, et aucun sous-chef. Chez le sapin, un chef : le même bourgeon apical, et de nombreux sous-chefs : tous les bourgeons apicaux des rameaux secondaires, tertiaires, etc. Chez le chêne, le plus impressionnant, l'arbre à la symbolique la plus riche, aucun chef nulle part, hormis la « volonté » des branches et des rameaux de vivre ensemble, portés par le même tronc.

Ce dernier obstacle à l'indépendance totale des rameaux peut d'ailleurs être franchi : c'est ce qu'il advient lorsqu'on bouture une branche d'olivier ou de peuplier qui prend spontanément son essor, même séparée de la plante mère. Ainsi, paradoxalement, chez les plantes, diviser, c'est multiplier, comme le notait déjà Jean-Henri Fabre.

Même phénomène lorsqu'un rameau « rejette » spontanément de la base du tronc, comme les oliviers ont précisément l'habitude de le faire. L'olivier bimillénaire de Roquebrune-Cap-Martin, sans doute le plus vieil arbre de France, doit son âge vénérable à son aptitude à avoir plusieurs fois « rejeté » à partir de sa souche, formant une sorte d'individu coloniaire, type d'organisation inimaginable chez les animaux supérieurs.

Chez les arbres, la notion d'individu, si pertinente dans le règne animal, s'atténue aussi en raison de la variabilité du génome, dès lors que chaque bourgeon peut subir des mutations qui lui sont propres et qu'il transmettra aux rameaux auxquels il donnera naissance. D'où cette singularité de certains arbres dont, par exemple, toutes les fleurs ont la même couleur, sauf celles d'une seule branche qui sont de couleur différente ; des arbres qui n'ont donc plus un génome unique, particularité qui, en biologie animale, définit par excellence la notion d'individu. Un individu est par définition *indivis*, autrement dit, inapte à être divisé en deux parties viables. En revanche, à l'inverse du cocotier, un saule totalement décapité verra rejaillir une multitude de fines branches flexibles d'osier, aubaine des fabricants de paniers.

Quel animal se laisserait, comme une plante, décapiter et brouter aux trois quarts, tout en se révélant capable de survivre et de se reconstituer ? Être aux trois quarts mort ne gêne ni les herbes ni les arbres ; ils rebourgeonnent et repartent, ce qu'aucun animal supérieur ne saurait faire dès lors que ses organes vitaux ont été touchés. Mais, chez la plante, il n'est pas d'organes vitaux. Mieux encore : un arbre creux résiste mieux au vent qu'un arbre plein. Le champignon polypore qui se propage dans le tronc et dévore les tissus morts – et les tissus morts seulement – n'est pas un ennemi pour le vieil arbre. C'est au contraire, pour lui, un allié qui lui permet de mieux résister à la tempête.

Selon la légende, Saint Louis rendait la justice sous un vieux chêne ; mais le chêne, lui, n'arbitre aucunement les conflits entre ses rameaux : il n'est pas à leur tête, et il n'a pas de tête. Il n'exerce pas davantage le pouvoir sur les chênes alentour. Louis IX, au contraire, exerçait sous son chêne les prérogatives du pouvoir qui lui était reconnu. Le saint roi appartenait, il est vrai, au règne animal, partageant avec ses congénères de ce règne immense le privilège de pouvoir exercer une autorité sur d'autres individus. Dans le monde animal, en effet, au fur et à mesure que l'on suit le cours de l'évolution vers les animaux supérieurs, la notion de chef apparaît. Et l'homme n'a point hésité à se dire le chef de la Création entière, un pouvoir souverain qu'il exerce d'ailleurs non sans en abuser parfois. Saint Louis aurait sans doute trouvé plaisant de se voir signifier ainsi sa place dans le règne animal appartenant à la sous-espèce de l'*Homo sapiens sapiens*, à l'espèce *Homo sapiens*, à la famille des Hominidés, à l'ordre des Primates, à la classe des Mammifères et à l'embranchement des Vertébrés !

Le pouvoir que l'homme exerce sur son environnement ou sur ses semblables, sa tête l'exerce sur lui-même. Fonction assignée au cerveau, au cervelet et au bulbe rachidien qui dirigent et coordonnent l'ensemble des organes. Chef au-dehors, chef au-dedans, le cerveau est, par excellence, l'organe de la souveraineté et du pouvoir. Toutes les stratégies de domination et de conquête y trouvent leur origine. Alors que l'arbre fait son unité par le bas, par le tronc, l'animal la fait par le haut, par la tête. Jacobin, l'animal est centralisé ; le végétal évoque davantage une république fédérale, à l'instar de l'Allemagne.

Si, chez le chêne, la multiplication des méristèmes donne à chaque rameau la liberté de se développer en toute indépendance, éliminant au sein de l'arbre tout fonctionnement hiérarchique au sens strict, c'est tout le contraire qui se passe chez l'homme ou l'animal dont le développement est ordonné selon un plan initial immuable. Là, l'apparition de nouveaux méristèmes équivaudrait à une catastrophe absolue : ces cellules qui se subdivisent indéfiniment, à l'instar de cellules de méristème, qui ne les reconnaît ? Ce sont les cellules cancéreuses qui engendrent de fâcheux bourgeonnements – les tumeurs. Comme le bourgeonnement est incompatible avec l'idée qu'on se fait d'un animal – on n'imagine pas que ses doigts ou ses orteils se mettent à bourgeonner –, la nature sanctionne impitoyablement cette dérogation à la règle : ou le bourgeon est éliminé par la chirurgie, ou l'individu décède.

Mais, au fait, les arbres meurent-ils de cancer ? Il n'est pas rare de voir un arbre apparemment en parfaite santé affligé sur son tronc d'une énorme tumeur. Celle-ci est bien en place et ne semble donner aucune métastase. Point de dissémination des cellules cancéreuses dans l'organisme par le sang ou la lymphe. Ici les cellules restent en place, accolées les unes aux autres, bien individualisées, rigidifiées par leurs membranes cellulosiques qui constituent un bâti à l'architecture solide dont les pierres ne sauraient se détacher ni se promener ici et là.

Autre particularité des végétaux que cette immobilité intérieure en harmonie avec leur immobilité extérieure : sans doute se seraient-ils approprié, s'ils l'avaient connue, la devise de la ville de Metz : « Paix au-dedans, paix au-dehors ! »

La rigidité des cellules et leur immobilité à l'intérieur du système végétal confèrent à la plante un corps robuste dont chaque élément bénéficie d'une large autonomie : le système est peu coordonné (pas de système nerveux), décentralisé (pas de cerveau), souple et infiniment plus simple que le système animal où les éléments sont plus spécialisés et strictement coordonnés. Les plantes à fleurs, qui sont le nec plus ultra du monde végétal, ne comptent qu'une trentaine de catégories de cellules différentes, alors qu'un animal supérieur – un être humain, par exemple – en compte deux cent dix. Peu coordonné et peu centralisé en son dedans, n'exerçant au-dehors aucun pouvoir, si ce n'est sur son étroit territoire où il limite le jeu des compétiteurs, le monde végétal est libertaire et débonnaire.

Le poète Michel Luneau, cité par mon ami Francis

Hallé[1], exprime ces subtiles distinctions dans un langage imagé qu'il prête aux végétaux.

« Chez nous, tout s'enchaîne sans qu'il soit besoin de centralisation particulière. Notre organisation interne ne se reconnaît ni dieu ni maître. Elle est une libre association d'éléments et d'organes différents et complémentaires. Elle n'obéit à personne qu'à elle-même et demande à ses adhérents un accord unique, mais essentiel : la croissance[2]. […] Chacun est libre de choisir la façon dont il gérera cette croissance ; à lui d'agir selon son aspiration. […] Ces règles de vie simples, souples, libérales, démocratiques, pluralistes, responsables […], sont à l'opposé du mode de fonctionnement en vigueur chez l'autre règne, spécialement dans le corps humain. Disons-le sans ambages : c'est un dieu jacobin qui a créé l'homme, un dieu pesant, jaloux, autoritaire, policier, farouche, tenant de la concentration des pouvoirs, interventionniste à tout crin au nom de sa toute-puissance. Sa devise "Hors du centralisme, point de salut !" […] Prenez un bras et une branche, si proches dans l'imagination populaire, et comparez ! Celui-là s'agite à son gré, la main touche, prend, sert, caresse comme elle veut. Celle-ci est prisonnière de la couronne, dépendante du vent pour se mouvoir, elle semble flotter, forme nonchalante, dans l'espace. Quand on y regarde de plus près, on s'aperçoit que le bras n'est qu'un rabatteur ; il a la liberté du braque par rapport au coup de sifflet. Au contraire, à partir du moment où le bourgeon lui donne sa chance et qu'elle la saisit, à la branche de jouer et de faire sa vie comme elle l'entend.

---

1. Francis Hallé, *Éloge de la plante…, op. cit.*
2. Voilà au moins un point à propos duquel les plantes sont d'accord avec les politiques et les économistes !

Elle sera plus ou moins forte, plus ou moins longue et rectiligne, selon. Je sais que cette option de vie nous a privées à jamais [ce sont les plantes qui parlent...] de motricité et de parole, ce qui rend la communication entre l'homme et nous si difficile. »

Pas impossible, cependant, puisque nous décryptons les unes après les autres les multiples stratégies mises en œuvre par les plantes pour coexister... même si ce n'est pas toujours pacifiquement, comme le révèle une observation attentive des plantes parasites.

CHAPITRE VII

Le territoire des autres

Les plantes sont sobres. Elles vivent de l'oxygène de l'air et de l'eau du sol. De l'eau et de l'air du temps, le tout assaisonné des sels minéraux qu'elles captent par leurs racines. Sobres dans leurs prélèvements, elles ne nous disputent pas la nourriture, elles nous l'offrent. Gautama Bouddha, sous son figuier banian, admirait la forêt « à la bienveillance illimitée » qui « offre son ombre même aux bûcherons qui la détruisent ». Vision idyllique ! Car il est aussi des plantes égoïstes : ce sont les parasites.

Vivre sur le territoire et aux dépens de l'autre, c'est vivre en parasite. L'autre, c'est l'hôte, celui qui accueille bon gré, mal gré un visiteur embarrassant. Le parasite est agressif : en se nourrissant aux dépens de son hôte, animal ou plante, il l'affaiblit mais se garde bien de le tuer, ce qui reviendrait à signer son propre arrêt de mort. Entre l'hôte et le parasite, une relation dominant/dominé s'instaure. Le dominé, la plante hôte, continue de travailler : elle est verte, possède de la chlorophylle, effectue la photosynthèse, élabore de la matière vivante. Le parasite, au contraire, ne s'embarrasse pas de telles considérations : brunâtre, non-chlorophyllien, il en prend à son aise avec la règle et se différencie des « plantes normales » en se passant de photosynthèse. C'est son hôte qui le nourrit. Mais un parasite n'est pas un prédateur. Le prédateur choisit sa proie et la dévore : il vit sur un capital qu'il dilapide. Le parasite vise au contraire à maintenir son hôte en vie : il se contente de prélever les intérêts sans toucher au capital, et ne tue pas la poule aux œufs d'or !

Le niveau de dépendance à son hôte varie d'un parasite à l'autre. Certains, comme le gui, non contents de prélever la sève de l'arbre porteur, continuent prudemment à effectuer la synthèse chlorophyllienne : ce sont les hémiparasites. Dans plusieurs lignées évolutives du règne végétal, on n'a guère de mal à suivre, d'espèce en espèce, l'évolution du parasitisme vers des formes de plus en plus efficaces et spécialisées. En fin de parcours, on aboutit à des plantes complètement transformées qui ne conservent plus que les organes de prélèvement de la nourriture sur la plante hôte et leurs organes de reproduction. Tout le reste – feuilles, racines, tiges – a disparu !

Tout dans ces plantes est étrange. Chez les *Thonningia* de Côte d'Ivoire, la plante dessine un lacis de cordons souterrains qui ressemblent à des racines. Sur ces cordons se forment de grosses tumeurs dans lesquelles pénètrent les racines de la plante hôte, qui alimente le parasite un peu comme dans un cul-de-sac, car elles n'en ressortent plus. Les *Thonningia* sont éclectiques dans le choix de leurs hôtes, qui sont néanmoins toujours des arbres. Plus étonnant encore, ces tumeurs mêlent indissociablement les cellules de la plante hôte et celles du parasite : ce sont des chimères, organes constitués de cellules appartenant à des espèces différentes et qui se structurent pour former une entité originale, symbiotique et botaniquement inclassable.

Le volume des tumeurs du *Thonningia* peut atteindre

celui d'une tête d'enfant. De ce gros appareil souterrain émergent des tiges porteuses de fleurs, épaisses et charnues, recouvertes d'écailles brunes, complètement dépourvues de chlorophylle. Ces fleurs se regroupent sur des réceptacles en forme de grosses massues, à l'allure des plus insolites. Cette forme extrême du parasitisme illustre, par suppression de tous les organes classiques, devenus inutiles, l'adage de Lamarck selon lequel « si la fonction crée l'organe, l'absence de fonction, au contraire, l'affaiblit et le condamne ».

Cette guerre larvée que se livrent dans le sol le parasite et son hôte n'est peut-être pas aussi implacable qu'il y paraît. Car, curieusement, c'est la racine hôte qui pénètre dans la tumeur où elle se ramifie à l'infini, y constituant un véritable arbre nourricier. Tout se passe comme si le parasite l'attirait ! C'est donc l'hôte qui pénètre le parasite, qui le recherche en quelque sorte. Les chances pour qu'une racine de l'hôte rejoigne son parasite sont d'ailleurs accrues par le fait que les pseudo-racines de ce dernier forment une nappe horizontale qui s'étend sur une vaste surface. Nul doute que ces relations mutuelles ne soient régulées par des permissions chimiques et qu'entre hôte et parasite existe une connivence que notre ignorance ne parvient pas encore à préciser.

Dans cet exemple, le parasite n'a plus de territoire qui lui soit propre. Son agressivité – si agressivité il y a – est entièrement dirigée vers l'hôte dont il partage l'intimité au point d'échanger avec lui ses cellules. Il vit *de* et *sur* le territoire de l'hôte.

Ces phénomènes sont encore plus spectaculaires lorsqu'on observe les mille et une roueries du parasitisme animal. Très répandu, celui-ci affecte surtout les animaux dits inférieurs, ceux-là mêmes que Buffon et Linné avaient négligés en leur temps. «Une mouche ne doit pas tenir dans la tête d'un naturaliste plus de place qu'elle n'en tient dans la nature», décrétait Buffon. Les Mollusques et les Plathelminthes offrent de nombreux exemples de passage au parasitisme. Claude Combes[1], éminent spécialiste du parasitisme, a traqué chez des Mollusques toute une série d'espèces montrant des degrés croissants d'adaptation au parasitisme. Il distingue dans cette évolution trois étapes : dans la première, l'animal parasite «reste superficiel, même s'il a tendance à se nourrir de plus en plus profondément aux dépens de son hôte [...]; dans la deuxième étape, il y a enfoncement total, mais une communication persiste avec l'extérieur [...]; enfin, la troisième étape correspond à l'acquisition d'un endoparasitisme authentique, toute communication disparaissant avec l'extérieur».

Toute une série de changements morphologiques et anatomiques accompagnent cette évolution régressive : la disparition de la coquille ; la réduction ou la disparition des organes des sens ; la disparition de l'anus et de l'ensemble du tube digestif, les parasites s'alimentant par osmose d'aliments prédigérés par l'hôte et réduits à l'état moléculaire.

Non contents de nous offrir le spectacle de cet étonnant strip-tease déjà observé chez les *Thonningia* où les organes se simplifient et disparaissent les uns après les autres, certains parasites animaux multiplient les métamorphoses, chacune s'effectuant chez une espèce

---

1. Claude Combes, *Les Associations du vivant. L'art d'être parasite*, éd. Flammarion, coll. «Nouvelle Bibliothèque scientifique», Paris, 2001.

d'hôte différente. D'où des cycles évolutifs étranges et complexes qui ont donné beaucoup de fil à retordre aux biologistes qui tentaient de les reconstituer, et dont la signification reste énigmatique.

C'est dans le groupe des Plathelminthes, les vers plats, que le phénomène prend toute son ampleur. Cet embranchement de vers contient un très grand nombre de parasites, en particulier les cestodes, comme les ténias ou vers solitaires, et les trématodes, comme les douves parasites du foie. Claude Combes décrit l'itinéraire incroyablement compliqué suivi par un trématode, *Halipegus ovocaudatus*, qui vit à l'état adulte sous la langue des grenouilles vertes. Il y pond des œufs qui sont émis dans la mare ; là, ils éclosent et donnent de petites larves répondant au nom délicat de *miracidium*. Ces petites larves entrent alors dans un escargot aquatique où elles se multiplient pour donner des sporocystes. Puis le parasite ressort du mollusque à un autre stade larvaire, la cercaire. Mais, à ce stade, on est encore loin du but final. La cercaire pénètre dans un petit crustacé de un millimètre : le cyclope, dans lequel elle prend la forme d'une mésocercaire. Les cyclopes sont les proies habituelles des libellules ; lorsqu'une larve de libellule le dévore, le parasite s'installe dans son tube digestif et prend la forme d'une métacercaire. Du jour où la libellule, devenue adulte, se fait dévorer par une grenouille, les métacercaires se transforment enfin en adultes et vont s'installer sous sa langue. Le cycle est bouclé après que l'animal s'est vu transformer pas moins de cinq fois avant de devenir adulte, et a exigé pour cela l'intervention de quatre hôtes différents : la grenouille, l'escargot aquatique, le crustacé cyclope et la libellule !

Claude Combes commente ces cycles extraordinaires

en ces termes : « On ne doit pas considérer les cycles complexes comme des sortes d'exploits qu'accompliraient les parasites ; ce ne sont rien d'autre que les résultats de la sélection naturelle. » Pour ce darwiniste de stricte obédience, la sélection naturelle a décidément bon dos ! N'est-elle pas un peu, selon l'expression du regretté Stephen Jay Gould, l'éminent paléontologue américain récemment disparu, l'équivalent théorique du chausse-pied, destiné à faire rentrer coûte que coûte les faits dans le dogme, même s'ils ont, comme ici, toutes les peines du monde à s'y couler ? Si la sélection naturelle est un fait indiscutable, n'est-il pas permis d'imaginer d'autres explications aux faits évolutifs, les processus de simplification de la morphologie des espèces par le parasitisme s'accommodant ainsi parfaitement des vues de Lamarck liant l'évolution des organes des fonctions qu'ils exercent ? La disparition des fonctions, par exemple la nécessité de communiquer avec l'extérieur, entraînant ici la disparition des organes correspondants, en l'occurrence ceux des sens, illustre fort bien son raisonnement.

En augmentant le grossissement de notre microscope, on peut regarder de plus près encore l'évolution surprenante de l'*Halipegus*. On découvre alors la manière étrange dont la cercaire pénètre dans le crustacé cyclope. La cercaire est sphérique mais se prolonge par une minuscule pointe en forme de seringue, dispositif sur lequel le corps de la cercaire exerce une forte pression. Quand ladite pointe est effleurée par un cyclope, son extrémité s'y brise et le corps de la cercaire est injecté dans le crustacé en un millième de seconde. Joli travail, si c'est là celui de la sélection naturelle !

Claude Combes se veut pourtant persuasif et n'en démord pas, présentant, il est vrai, des arguments qui donnent à réfléchir. Il écrit : « On peut se demander pourquoi certains cycles impliquent autant de changements de milieux ; on a parfois l'impression de suivre un voyageur de commerce qui irait de Strasbourg à Colmar en passant par les Bermudes. La réalité est que, pour les parasites, la route des Bermudes est quelquefois la plus rentable. » Et il le démontre en observant cette fois deux cestodes parasites des poissons de mer, le turbot et la barbue.

Le *Bothriocephalus gregarius* parasite le turbot et son cousin, le *Bothriocephalus barbatus*, fait de même avec la barbue. Les enquêtes de terrain démontrent que le turbot est toujours plus parasité par son cestode que ne l'est la barbue. Or, en étudiant comparativement les deux cycles, on découvre que le cycle le plus compliqué, celui de *B. gregarius* à l'intérieur du turbot, est aussi le plus efficace. En effet, *B. barbatus*, le parasite qui, à l'intérieur des barbues, réussit le moins bien, possède un cycle à deux hôtes seulement : les œufs fournissent des larves nageuses appelées *coracidium* qui poursuivent leur développement dans le corps d'un Copépode où elles se transforment en un stade infestant, le plérocercoïde ; lorsque la barbue dévore ce Copépode, le plérocercoïde devient dans son organisme un parasite adulte. Chez *B. gregarius*, parasite du turbot, qui pourtant réussit le mieux, le voyage implique un détour. Les choses se passent de la même façon jusqu'au niveau du Copépode, mais si un petit poisson, un gobie, gobe le Copépode, c'est dans son tube digestif que vont se répandre les plérocercoïdes. Comme le turbot est grand consommateur de gobies, il s'infestera en les gobant et non en consommant directement les Copépodes. Dans ce cas de figure, les gobies concentrent les parasites en mangeant les Copépodes, et les turbots, très amateurs

de gobies, se nourrissent de ce concentré. Bref, le succès du parasitisme est amélioré en passant du cycle à
deux hôtes (Copépode/barbue) à un cycle à trois hôtes
(Copépode/gobie/turbot). En matière de parasitisme
comme dans les administrations, l'adage bien connu se
justifie parfaitement : pourquoi faire simple quand on
peut faire compliqué ?

Avec les turbots et les barbues, les Crustacés et les
vers plats, nous avons subrepticement quitté le règne
végétal pour nager déjà en plein règne animal. Toutefois,
le cas de figure est le même pour le parasite. Plus question de se nourrir de l'eau et de l'air du temps, comme
pour les plantes phytosynthétiques, ou d'une proie,
comme font les animaux. Les tissus de l'hôte y pour-
voiront. Le parasite est donc l'« ennemi de l'intérieur » :
il affaiblit les forces de l'hôte comme des agents ennemis subvertissant un pays qu'ils ont infiltré ou comme
des résistants harcelant et affaiblissant les forces d'oc-
cupation d'un territoire.

En passant du règne végétal au règne animal, cette
notion de territoire devient prégnante. La chasse à la
nourriture, la recherche des femelles, le maternage des
petits : autant d'activités qui exigent de se mouvoir dans
un espace au sein duquel l'animal aura tout loisir d'exprimer son agressivité ou son aménité. Car l'animal
est mobile et, en cela, se distingue radicalement de
la plante. Il s'en singularise par toute une série de
manques : manque de chlorophylle ; manque de cellulose, ce matériau de base produit par la photosynthèse
et constituant la paroi rigide des cellules ; manque de
toute possibilité de reproduction végétative par bulbes,
rhizomes, drageons, boutures, greffes, etc., ce qui rend
la reproduction sexuée obligatoire au moins chez les
animaux supérieurs.

Incapables de fabriquer eux-mêmes leur nourriture, les animaux sont contraints de rechercher des proies. Déjà, par ses pseudopodes, l'amibe illustre ce mode typiquement animal de se nourrir. Elle le peut, car sa membrane est mince et souple, non tapissée de cellulose. Ce trait caractéristique de la paroi de ses cellules confère à l'animal tout entier une mollesse des tissus étrangère aux végétaux et qui s'accommode de la mobilité qu'elle autorise. La souplesse d'un félin n'a rien à voir avec la rigidité d'un tronc d'arbre ; et un tronc d'arbre n'a rien à voir non plus avec le tronc d'un animal ou d'un être humain, bourré de viscères flasques. La souple membrane de la cellule animale autorise ce qui restera à jamais interdit à la cellule végétale encastrée dans son dur revêtement de cellulose comme dans une cuirasse : la mobilité.

Si l'animal, incapable de photosynthèse, doit se mettre en quête de proies, il doit aussi, dès lors qu'il est incapable de reproduction végétative, se mettre à la recherche de partenaires sexuels et, pour cela, se déplacer. Chez les plantes à fleurs, les grains de pollen, semence mâle, sont efficacement véhiculés d'une fleur à l'autre par le vent ou les insectes. Inutile, donc, pour la plante, de se mouvoir. Les stratégies sophistiquées que déploient les végétaux pour séduire leurs pollinisateurs et coopérer avec eux par échange mutuel de services – nectar contre pollen, etc. – illustrent l'autre face de la vie végétale, son versant coopératif où l'agressivité, sauf exception[1], n'a plus cours. À l'inverse, que d'agressivité chez les animaux pour se partager les femelles !

---

1. On se reportera à ce sujet à mon ouvrage *Les Plantes : amours et civilisations végétales*, éd. Fayard, 1980.

La pollinisation réussie, la fleur fécondée donnera naissance à un embryon que la plante mère portera et encoconnera soigneusement dans une graine, elle-même enfermée dans un fruit. Puis, le maternage ayant pris fin, le fruit se détachera et émettra ses graines ; si les conditions sont favorables, celles-ci donneront naissance à de jeunes individus. La plante mère ne s'en occupera plus : aucune agressivité dépensée à protéger les petits, comme dans le règne animal.

Plantes et animaux ont donc adopté des stratégies fort différentes. Les végétaux ont choisi des médiateurs qui leur évitent de se déplacer : la chlorophylle pour faire à manger, le vent ou l'insecte pour faire l'amour. Rien de tel chez les animaux : à chacun de conquérir, souvent au détriment des autres, la proie ou le partenaire – un mode de vie qui engendre de multiples formes d'agressivité spécifiques aux mondes animal et humain. Par comparaison, les plantes font en la matière figure de néophytes. Les animaux – l'homme, surtout – font tellement mieux qu'elles, conférant à l'agressivité et à la violence leurs formes les plus violentes, parfois les plus insoutenables…

Récapitulons

L'agressivité végétale est comme le végétal lui-même : secrète et brouillonne. Un chêne émet ses branches en tous sens, impossible de leur dessiner un axe préférentiel. De même, l'agressivité végétale est multiforme et, de surcroît, se dérobe à nos regards. Quoi de plus serein, de plus paisible apparemment que le monde des plantes ? C'est ainsi que nous le percevons à notre échelle de temps. Mais que le temps s'accélère et voici les plantes en mouvement, engagées dans une lutte impitoyable pour l'accès à la lumière. Dans une forêt, il y a les fortes têtes et les gringalets. Ceux-ci auront peu de chances de s'imposer, faute de parvenir à tendre le cou assez haut pour capter la quantité de lumière nécessaire à leur épanouissement. La lutte pour la vie – le fameux *struggle for life*, l'« ôte-toi de là que je m'y mette ! » – est le comportement ordinaire de la vie végétale, et celui de la Vie tout court.

Éliminer le compétiteur ou le prédateur suppose que soient développées des stratégies appropriées. Pour cela, les plantes ont souvent recours à l'armement chimique, susceptible de dégager leur territoire ou de dissuader leurs prédateurs plus sûrement encore que les armes conventionnelles que sont, par exemple, les épines, dont elles font un large usage. Mais toutes ne se contentent pas de ces moyens de défense passive ; certaines d'entre elles, véritables envahisseuses, passent à l'attaque grâce à de puissants moyens de reproduction qui leur permettent de s'imposer et de conquérir de vastes territoires. Ainsi le mouvement vers le haut, vers la lumière, s'accompagne-t-il de déplacements horizontaux, par graines ou rhizomes interposés, où les plus conquérantes finissent par éliminer les plus chétives. Comparées aux fragiles endémiques, capables de survivre dans des milieux bien particuliers et sans grand pouvoir d'expansion, celles-ci sont de véritables « pestes ».

Mais, quels que soient les processus d'agression ou d'envahissement, le monde végétal est un monde sans chef. Chaque individu défend son propre territoire et n'exerce aucune autorité au sein des sociétés organisées, comme le font dans le règne animal les dominants qui exercent leur pouvoir sur des collectivités plus ou moins grandes : une troupe, une meute, une bande.

Pourtant, à y regarder de plus près, cette notion de dominance n'est pas totalement étrangère au monde des plantes, mais, pour la détecter, c'est à l'intérieur même du végétal qu'il faut se projeter. À la différence de l'animal qui croît à partir d'un embryon, les plantes le font à partir de ces embryons multiples que sont, par exemple, chez un arbre, les bourgeons. Or les bourgeons exercent les uns sur les autres des rapports de domination gérés par des sécrétions hormonales internes. On distingue des bourgeons dominants et des bourgeons dominés. Cette dominance peut être intense et quasi monarchique, comme chez le cocotier, et nous avons alors affaire à des structures typiquement centralisées, « jacobines » ; ou elle peut être au contraire extrêmement diffuse, comme chez le chêne, qui manifeste une structure décentralisée d'essence « fédérale », sans réel pouvoir central. À la différence de l'animal dont les pouvoirs se concentrent dans le cerveau – ce qui fait son unité –, l'arbre, au contraire, la fait par le bas, par son tronc, laissant à ses rameaux de larges marges d'indépendance, voire de fantaisie.

Ainsi les plantes forment-elles entre elles des sociétés où personne ne commande, régulées par des processus simultanés de compétition et de symbiose. Elles nous offrent le spectacle le plus simple de la vie collective. Apparemment, car, dès qu'on y regarde de plus près, il se révèle immensément compliqué, surtout quand on tente de démêler l'écheveau de ces régulations que l'écologie est censée nous révéler. Une tâche qui n'en est encore qu'à ses balbutiements.

LIVRE II

Les animaux : une agressivité savamment régulée

CHAPITRE VIII

La griffe et la dent : la prédation

Les plantes nous agressent par leurs épines, leurs poisons et leurs pollens allergisants. Mais nous le leur rendons bien. Faux et sécateurs, tondeuses et débroussailleuses, faucheuses et moissonneuses, tronçonneuses et scrapers sont les armes déployées à leur encontre. Et puis nous les mangeons. Ainsi le veut l'ordre écologique : dans le grand récit de la Création qui ouvre la Bible, Dieu attribue les plantes aux hommes pour qu'ils en fassent leur nourriture : « Voici que je vous donne en nourriture toute l'herbe semant sa graine à terre et tous les arbres dont le fruit porte une semence[1]. » C'était au sixième jour.

Parce qu'elles sont à la base de la pyramide écologique, les plantes sont vouées à la prédation. Certes, elles ont mis au point quelques stratagèmes pour s'en défendre. Elles sont même passées maîtresses dans l'art d'élaborer des molécules dissuasives pour le palais des animaux.

Pendant la Seconde Guerre mondiale, la crainte des bombardements exigeait que, la nuit, les habitations soient plongées dans le noir total. L'éclairage public

---

1. Genèse, I, 29.

était mis en sommeil et les fenêtres couvertes d'épais rideaux. C'était la «défense passive». Les plantes aussi pratiquent une manière de défense passive contre leurs prédateurs. Beaucoup produisent des molécules capables de les dissuader d'intervenir : alcaloïdes, phénols, terpènes… Brouter comporte alors un risque que, d'instinct, l'animal évite. Il faut voir comme les vaches rejettent les colchiques présents dans leur foin.

Mais ces armes chimiques ne sont pas toujours préformées. Leur synthèse dans la plante peut ne démarrer qu'en cas d'agression. Comme elle demande un certain délai, le prédateur a devant lui tout le temps de se nourrir avant que ces armes ne soient livrées aux feuilles. Mais si, à la première morsure, la plante réagit lentement, elle se montrera plus rapide à la seconde attaque. Ce mécanisme, qui régule la prédation, est identifié : une substance dérivée de l'acide jasmonique est produite au point d'attaque en l'espace de quelques minutes. Cette molécule, qui va diffuser en quelques heures dans la plante entière, arrivera aux racines et déclenchera alors la synthèse du poison défensif qui remontera vers les feuilles. L'ensemble de la séquence dure une dizaine d'heures. Ainsi, le tabac peut fabriquer d'importantes quantités de nicotine pouvant atteindre dans les feuilles une teneur considérable, surtout, semble-t-il, si l'attaquant est un Mammifère.

Ce scénario peut être simplifié grâce aux plantes «altruistes» qui, sous la dent du prédateur, émettent un gaz, l'éthylène ; celui-ci diffuse dans l'environnement et alerte les individus voisins qui élaborent aussitôt les armes chimiques nécessaires, avant même que le prédateur ne les attaque. Lorsque celui-ci arrive, il est trop tard : l'aliment est gâté. Telle est la pratique des acacias d'Afrique australe qui, alertés par les émissions d'éthylène de leurs voisins, élaborent ipso facto du tannin qui les rend incomestibles aux antilopes koudous. Mais celles-ci ont, semble-t-il, appris à déjouer le piège : elles ne broutent que des acacias situés à bonne distance les uns des autres, au-delà des limites de la communication entre eux par éthylène interposé [1].

La prédation n'est donc pas totalement aveugle, et les plantes ne sont pas non plus sans défense. L'écologie n'a pas encore tiré au clair les subtils stratagèmes qui président aux équilibres entre plantes et animaux, mais force est de constater que les animaux n'ont pas tout tondu et que leurs populations déclinent rapidement dès que la ressource végétale se fait plus rare. S'ils devenaient assez nombreux pour manger la dernière plante, ils se condamneraient eux-mêmes. L'hypothèse de la tonte à ras ne prend corps que lorsque l'homme s'en mêle : c'est alors le surpâturage qui, dans les pays arides, met les terres à nu et les expose à l'érosion par l'eau et le vent, processus qui, bon an, mal an, dévêt la nature de sa parure verte sur une superficie équivalant à peu près à celle de la Suisse !

La prédation est une spécialité animale. Les plantes ne s'y essaient que parcimonieusement, par exemple lorsqu'elles sont carnivores et font leur affaire de quelques insectes de passage. Mais c'est là l'exception qui confirme la règle.

Par ailleurs, dans le milieu animal et humain, la prédation ne s'exerce pas seulement au détriment du végétal. Elle déborde largement sur le règne animal avec les carnivores et autres omnivores dont nous sommes. L'homme qui mange un steak est installé au sommet

---

1. On se reportera à ce sujet à notre ouvrage *Les Langages secrets de la nature*, éd. Fayard, Paris, 1996.

d'une pyramide à trois étages : le steak provient de la vache qui a mangé de l'herbe. Une pratique qui s'est développée dans les pays riches où la consommation de viande ne cesse d'augmenter, malgré son coût écologique élevé : désormais, comme le dit le langage populaire, on ne gagne plus sa « croûte », mais son bifteck !

Mais il est des pyramides autrement plus hautes. Au cœur de la Sibérie, les pêcheurs du lac Baïkal mangent les phoques, les phoques les poissons, les poissons des crustacés cyclopes, ces crustacés-là des crustacés plus petits, les épishures, qui se nourrissent à leur tour d'algues microscopiques. Cette pyramide à six étages en comporte quatre qui sont occupés par des carnivores. Ces carnivores pratiquent ou la pêche ou la chasse. Les proies désignées à leur menu tentent, par la fuite, de détourner ou d'esquiver la menace. Sans doute ont-elles peur. Telle est bien la plus visible et la plus commune des manifestations de l'agressivité dans la nature : toujours prêts à déguerpir, les animaux menacés par la prédation vivent dans un perpétuel qui-vive. Les plantes immobiles ne peuvent, elles, que se laisser faire, même si beaucoup d'entre elles, on l'a vu, se sont équipées d'armes défensives.

Un soir, à un festival du film de nature, à Grenoble, on projetait un film sur les orques, dans lequel la caméra s'attardait sur des scènes d'agression ; on y voyait le gros animal marin capturer des proies qu'il projetait entre les rochers avec une extrême violence. Jamais la nature ne me parut aussi cruelle que ce jour-là. Mais l'orque accomplit son programme génétique sans se soucier du ressenti de ses malheureuses victimes… L'agressivité entre espèces, entre le prédateur et sa proie, est la simple expression d'une loi fondamentale de la nature qui pourrait s'écrire : « Mangez-vous les

uns les autres», voire : «Aimez-vous les uns les autres»,
mais en donnant ici au verbe «aimer» l'acception qu'il
a dans des expressions comme «aimer la chair fraîche»
ou «aimer les desserts».

Cette loi incontournable, l'homme lui-même l'applique avec une étrange sérénité, sans laisser percer le
moindre sentiment d'agressivité à l'égard de la vache
qu'il tue à l'abattoir ou du gibier qu'il abat à la chasse :
tuer pour manger est un acte de la vie courante que les
carnivores exécutent en toute quiétude. Le chat fait
mieux : il joue avec la souris avant de lui porter le coup
fatal sans que son faciès exprime le moindre sentiment
d'agressivité ou de haine. Le lion fait de même avec
les antilopes. Peu ou pas d'agressivité visible dans les
relations *interspécifiques*, c'est-à-dire entre espèces
différentes dont les unes sont les proies et les autres les
prédateurs. Cas de figure radicalement différent, celui
de l'agressivité *intraspécifique*, qui se déploie entre
individus d'une même espèce et que nous illustrons
cruellement, nous autres humains : n'étant plus la
proie de quelque autre espèce que ce soit, nous excellons dans l'art de retourner notre agressivité contre nos
congénères.

Entre agressivité inter- et intraspécifique, il existe
donc une distinction essentielle : on se tue tranquille-
ment entre individus d'espèces différentes, mais on
s'agresse violemment entre congénères d'une même
espèce, même si cette agressivité intraspécifique est
extrêmement variable d'une espèce à l'autre. Pour les
plantes, il en va tout autrement : elles semblent ne faire
aucune différence entre relations inter- et intraspéci-
fiques, car chez elles tout est plus simple. Tous les
arbres développent la même pression compétitive en
direction de la lumière ; ils se font de l'ombre sans dis-

tinguer le moins du monde entre le congénère de même espèce et le voisin d'une espèce différente. La compétition est la même, qu'elle concerne une population pure ou diversifiée.

Dans une forêt d'épicéas, la compétition est intra-spécifique : les plus chétifs roussissent tristement leurs aiguilles à l'ombre des dominants et finissent par crever. Dans une forêt de feuillus où coexistent plusieurs espèces, le chêne et le hêtre par exemple ou, mieux encore, dans une forêt équatoriale où les espèces arborescentes sont très nombreuses, la même loi s'applique à tous : se faire à tout prix une place au soleil en évitant de se laisser recouvrir et étouffer par les autres. Quant à la plante toxique, elle tue aussi bien l'étranger que le congénère, comme on l'a vu dans le cas de la piloselle.

Ainsi, dans le règne végétal et pour une strate donnée – celle des arbres, en tout cas –, toutes les plantes sont logées à la même enseigne ; elles pratiquent cette forme d'agressivité ordinaire : l'« Ôte-toi de là que je m'y mette ! », quelle que soit l'espèce à laquelle elles appartiennent.

Autrement complexe est le monde animal où la notion d'espèce en quelque sorte se « personnalise », chacune ayant désormais un statut qui lui est propre tant en ce qui concerne sa position écologique par rapport aux autres espèces qu'en ce qui concerne les mœurs et comportements qui caractérisent, en son sein, les relations des individus avec leurs congénères. Avec le monde animal s'affirment les notions de « statut » et de « comportement ».

Vis-à-vis de sa proie, l'animal prédateur ne manifeste aucune agressivité ; il ne grogne pas, ne baisse pas les oreilles, ne se livre pas à ces mouvements expressifs caractéristiques d'un comportement combatif. Mais il arrive que les proies tiennent tête, surtout lorsqu'elles vivent en société ; les oiseaux excellent dans cet art. La tactique consiste à harceler l'agresseur potentiel et à compenser par le nombre l'absence d'armes efficaces contre le prédateur putatif. Ainsi, les corneilles se regroupent pour harceler les chats, les choucas attaquent les renards, les oies l'intimident en avançant en groupe serré face à l'ennemi. Le renard baisse alors les oreilles, jette par-dessus son épaule un regard dégoûté, puis s'éloigne sans perdre la face.

Ces réactions de provocation et de harcèlement des faibles face aux forts évoquent irrésistiblement certaines manifestations, estudiantines ou antimondialistes, voire l'Intifada, la « guerre des pierres » : en lançant des pierres, des pavés ou des cocktails Molotov contre les chars ou les cordons de policiers, les jeunes provoquent et tentent à la fois de maintenir les forces de l'ordre à distance. Ils sont certes les plus faibles, mais leurs assauts collectifs et leur extrême mobilité – ils jettent leurs projectiles, puis courent aussitôt se mettre à l'abri – amènent soldats ou CRS à se protéger : ils gênent leur progression.

Lorsque la fuite devient impossible, le danger étant trop proche et le prédateur se faisant immédiatement menaçant, la proie, motivée par une peur intense, peut faire face avec une redoutable agressivité ; ainsi d'un rat acculé ou d'une poule qui attaque furieusement celui qui s'approche par trop de ses poussins. Passé une distance critique se manifeste une réaction critique de la proie. Ainsi les dompteurs jouent-ils habilement de la marge entre distance critique et distance de fuite, laissant à tout moment au fauve une porte de sortie : pour que la bête obtempère, elle doit être gênée, mais sans pour autant se sentir véritablement acculée ; sinon, c'est l'attaque !

L'agressivité de la proie, c'est aussi, chez les humains, cette femme qui lutte désespérément contre le violeur, lorsqu'elle est coincée et que la fuite lui est devenue impossible. C'est la victime qui dénonce un collègue ou un supérieur pour harcèlement sexuel ou moral. C'est l'esclave qui se révolte et, à l'instar de Spartacus, entraîne ses congénères au combat. C'est aussi la lutte active sur le terrain d'un José Bové et de ses compagnons contre la mondialisation ; hypermédiatisé, le leader de la Confédération paysanne défend sur les scènes du monde entier les intérêts des petits paysans menacés par la voracité des grandes multinationales, redoutables prédatrices. Bref, c'est la lutte du faible contre le fort qui s'engage dès l'instant où la situation est devenue intenable et où la fuite n'est plus possible.

On objectera que l'Intifada, le « josébovisme », le harcèlement moral ou sexuel n'ont rien à voir avec les rapports d'une proie et de son prédateur, dans la mesure où ces derniers mettent en jeu des espèces différentes tandis que, dans les premiers cas cités, tout se joue au cœur de notre propre espèce. De telles comparaisons ne seraient donc pas pertinentes. Mais c'est oublier que le monde humain constitue à lui seul un nouveau règne. Si chaque espèce animale a ses mœurs, ses comportements, voire sa « culture » tels que nous les relatent les éthologues, l'humanité présente pour sa part une immense diversité de langues et de cultures ; les questions relationnelles et sociales y sont résolues de façon différente selon les époques et les lieux, si bien qu'il est parfaitement légitime de comparer les comportements de groupes humains différents ou opposés à ceux que manifestent, dans la nature, des espèces de statuts

différents – en l'occurrence, ici, les proies et leurs prédateurs.

Il arrive qu'un prédateur aille au-delà de ses stricts
besoins alimentaires : un chat rassasié cherche à attraper une souris qu'il ne mangera pas. Tout, dans son
comportement, évoque le jeu ; il la jette en l'air, la laisse
s'échapper, la rattrape au dernier moment, la tient prisonnière sous sa patte, considère ses efforts désespérés
pour se libérer avec une expression totalement dénuée
d'agressivité : il est tout à son plaisir. On a pu observer
aussi des léopards se comporter de même avec des cha-
cals. Le chat traite d'ailleurs une pelote de laine comme
une souris : ce qui semble l'attirer, c'est le mouvement,
un trottinement vif, une façon hésitante de se déplacer.
Il met la pelote en mouvement et la poursuit comme il
ferait d'une proie. Une souris prise au piège, blessée,
immobile, ne suscite pas son intérêt. Il lui donne
quelques coups de patte pour voir si elle se remet à
courir ; sinon, il l'abandonne. Dans la course-poursuite
du chat et de la souris, le chat chasse, attrape, mais ne
tue pas toujours ; il ne mange pas lorsqu'il n'a plus faim.
Ici le geste du prédateur va au-delà des strictes néces-
sités de la survie et manifeste un total manque d'empathie entre le chasseur et sa proie. Aucun sentiment
de cruauté ni de sadisme ne se manifeste. Pas plus
qu'un chasseur n'aime voir souffrir son gibier, un félin
ne recherche la souffrance de sa proie. En revanche,
une compétition mettant en jeu une nette agressivité
peut intervenir entre prédateurs en chasse de la même
proie. Le lion poursuit ainsi le léopard, le guépard ou la
hyène, mais en arborant cette fois une expression d'hos-
tilité qu'il ne manifeste jamais à l'égard de l'antilope : il
retrousse ses babines et montre les dents comme il
ferait face à un autre lion… Il leur cherche querelle.

Les prédateurs choisissent-ils leurs proies ? En tout cas, ils manifestent une préférence pour des animaux affaiblis. Le loup préférera ainsi attaquer un élan parasité par des vers. On sait que les hyènes zigzaguent au milieu des gnous ; un scientifique, étudiant ceux-ci, leur avait fixé sur le corps une plaque d'identification, opération qui nécessitait leur capture et s'effectuait sous anesthésie ; il s'aperçut que ces animaux, un temps fragilisés, devenaient une proie rêvée pour les hyènes, car ils ne détalaient pas aussi vite que les autres. Aussi prit-il la précaution d'éloigner les prédateurs jusqu'à ce que les gnous retrouvent leurs conditions initiales. Autre mésaventure pour ces gnous, marqués cette fois à la peinture blanche sur leur robe : ils se révélèrent là encore une proie de prédilection pour les hyènes. Comment celles-ci faisaient-elles la différence ? Le fait est qu'elles la faisaient...

Il a fallu ce long détour par l'agressivité interspécifique entre prédateur et proie pour en arriver à la question cruciale de l'agressivité intraspécifique, celle qui oppose entre eux des individus de même espèce. Nous allons trouver là chez les animaux des mœurs et des comportements qui sont aussi les nôtres ; et nous découvrirons les subtiles stratégies mises en œuvre par l'évolution pour limiter les dégâts et contenir l'agressivité intraspécifique dans des bornes compatibles avec la survie de l'espèce. Car l'un des grands « projets » de la nature, dont nous allons maintenant exposer le détail et qui paraît constituer pour elle un véritable « souci », vise à ce que l'agressivité ne débouche jamais sur l'autodestruction d'une espèce, voire, pis encore, si elle venait à se déchaîner du fait de l'homme, sur celle de la nature elle-même.

CHAPITRE IX

De l'indifférence
à l'acculturation

Dès que l'on évoque l'agressivité intraspécifique propre à une espèce, les notions de territoire, de sexualité et de maternage des petits viennent occuper le devant de la scène. Les comportements des poissons illustrent bien les racines territoriales de l'agressivité et les moyens mis en œuvre par la nature pour la contenir.

Aux Maldives et aux Seychelles, à l'île Maurice ou aux Bahamas, un simple tuba suffit pour pénétrer avec émerveillement les secrets du «monde du silence». Nous voici donc sur un minuscule îlot des Maldives, une île hôtel, comme on l'appelle, si exiguë que le gîte des touristes y occupe toute la place. De sombres écueils se laissent deviner sous la surface émeraude de l'océan Indien, d'étranges rochers que j'aperçois soudain à ma droite. Ils se découpent sur le sable clair corallien. Comment se fait-il que je ne les aie pas remarqués tout à l'heure? Stupeur : le rocher bouge ! Ses contours se modifient comme les pseudopodes d'une amibe. Le voici qui s'éloigne, puis, un peu plus tard, il est là de nouveau, mais, cette fois, plus à gauche. Spectacle étrange, du jamais vu !

Ces rochers sont en fait des bancs de poissons en mouvement, si denses qu'ils évoquent une forme unique, compacte, sombre, se détachant sur les plages de sable blanc qui enserrent l'îlot. La lecture de Konrad Lorenz[1] m'éclairera sur le fonctionnement de ces bandes.

Des milliers d'individus y vivent ensemble, agglutinés les uns aux autres, sans que, pour autant, aucun lien social particulier n'existe entre eux. La bande est anonyme. Chaque individu semble rassuré par la présence de ses voisins immédiats. C'est ce voisinage que semblent rechercher les poissons nageant sur les bords, que l'on voit tantôt rentrer dans la bande, tantôt s'en écarter pour y revenir au plus vite, comme effrayés de leur propre audace. Que la moindre frayeur se manifeste par exemple à l'approche d'un poisson étranger et menaçant, et un fragment de la bande, en s'enfuyant, se dissocie de l'ensemble, aussitôt suivi par la bande entière qui, du coup, change de forme et de cap. Chaque membre de la bande pourrait se voir attribuer la célèbre phrase des Évangiles concernant l'Esprit «qui est comme le vent et dont on ne sait ni d'où il vient, ni où il va[2]». Ces poissons, qui n'ont aucun territoire, se déplacent au gré des courants, fuyant celui-ci, poursuivant celui-là dans la plus pitoyable indécision. Ils ne sont bien qu'agglutinés ; s'ils viennent à s'échapper du groupe, ils ne tardent pas à y revenir.

Une amibe dirige ses pseudopodes vers une proie qu'elle s'apprête à phagocyter. Le banc progresse lui aussi par pseudopodes, mais, ici, point de proie à poursuivre ! le plancton suffit à nourrir ces vagabonds. Leur absence de territoire s'accompagne d'une absence totale

1. Konrad Lorenz, *L'Agression. Une histoire naturelle du mal*, éd. Flammarion, Paris, 1969.
2. Jean, III, 8.

d'agressivité. En revanche, qu'un ennemi apparaisse, et c'est aussitôt le sauve-qui-peut.

La bande anonyme est néanmoins un moyen astucieux de décourager le prédateur qui l'identifie, tant elle est dense et compacte, à un individu unique et monstrueux dont il se détourne au plus vite. Le barracuda, grand poisson carnassier, s'écarte à la vue de cette masse sombre qui flotte dans l'océan. Il lui est d'autant plus difficile de s'emparer de quelque poisson que les poissons, à son approche, se dispersent aussitôt en tous sens. Chacun sait qu'il est plus facile d'attraper dans une volière un oiseau quand il est seul que s'il s'y trouve en compagnie de nombreux congénères qui dispersent l'attention et compliquent la juste visée de la victime choisie. Ainsi, en se groupant en bancs, ces poissons déroutent leurs prédateurs, incapables de fixer leur attention sur un seul individu. Mais si, dans un banc de poissons argentés, on teint un individu en bleu, celui-ci est alors immédiatement repéré et sélectionné, et le prédateur a beau jeu de s'en saisir.

La plupart des poissons vivant en bancs en haute mer ont ces comportements. Agglutinés, ils forment de vastes bandes sans hiérarchie et sans chef, sans territoire et sans agressivité, trouvant leur bonheur dans la densité de leur population. Un chercheur astucieux, Erich Van Holst, a pourtant inventé un stratagème visant à la création d'un chef de bande. Il suffit pour cela d'extirper la partie antérieure du cerveau d'un quelconque des poissons de la bande. Cet organe coïncide avec notre cerveau postérieur, l'évolution nous ayant doté, depuis les poissons, d'un cerveau de Mammifère et d'un néocortex d'homme. Ainsi décérébrée, la victime de cette excision manifeste des comportements tout à fait inattendus. Ce poisson mutilé n'a plus besoin de voisins et ne craint plus de se trouver en marge de la bande. Décérébré et autonome, il avance crânement dans les eaux mouvantes sans se soucier de ses semblables. Mais eux, sans doute rassurés par une telle audace, toujours en quête de congénères et en mal d'agglutinement, le rejoignent, formant le noyau d'une nouvelle bande. Étrange affaire que voilà, où le chef a perdu la tête ! Décérébré, il n'a plus du tout sa tête à lui. Pis encore : ici le chef n'est pas le plus malin ni le plus fort ; on se risquerait même à penser qu'il est le plus bête, puisqu'il n'a plus de cerveau ! À méditer…

Bienheureux harengs et sardines voués à cette vie paisible entre deux eaux, sans aucun contact ni avec les fonds marins, ni avec les bateaux, ni avec les littoraux, puisque leur vie se déroule tout entière en haute mer ! Ils sont, à ce titre, des animaux pélagiques.

La bande anonyme est la forme de société la plus primitive. Elle n'a aucune structure et consiste en un gigantesque agglutinement d'individus similaires. Toutefois, même si aucun lien personnel ne les unit, l'influence de l'un sur l'autre n'est pas tout à fait nulle. Si un individu se sent menacé par quelque danger et s'enfuit, sa peur est communicative et déclenche des mouvements grégaires : l'individu apeuré fuit et d'autres le suivent aussitôt. En fait, les poissons de la bande n'ont d'autres rapports entre eux que ceux-là. La peur de l'un entraîne la peur des autres, et un groupe plus ou moins important se sépare de la bande, quitte à la rejoindre au plus vite. Seule la panique est communicative.

Les réactions de foule illustrent bien ce comportement : les individus regroupés en une foule n'ont aucun lien personnel entre eux, sinon de regarder le même récital de plein air ou le même match de foot, par exemple ; qu'un incendie se déclenche, qu'une travée s'effondre, ou qu'une menace quelconque se manifeste, et c'est la fuite généralisée et éperdue. Mais, comme les accès au stade ou au lieu de spectacle sont resserrés et se font généralement par des tunnels ou des haies de barrières, la foule ne peut s'écouler assez vite ; les individus s'agglutinent autour des accès alors même qu'ils veulent se fuir et s'enfuir, et se piétinent dans ces mouvements désordonnés qui se soldent souvent par des morts et des blessés.

Il est temps de laisser la bande anonyme à son sort, de mettre le tuba et de nager vers le récif de corail. Là se révèle dans son indicible splendeur ce «monde du silence» immortalisé par le film du commandant Cousteau. Des poissons aux couleurs toujours vives évoluent entre les récifs. Point n'est besoin d'être naturaliste et encore moins zoologue pour constater qu'ils appartiennent à des espèces différentes, chacune caractérisée par sa couleur ou sa combinaison de couleurs, par sa taille et par sa forme. Des dizaines d'espèces coexistent sur le même versant du récif. Chaque individu a sa cache dans le corail, sa niche dont l'environnement immédiat constitue son territoire, dans le prolongement de son domicile. Un territoire qu'il défend farouchement contre tout compétiteur qui oserait s'y aventurer. Mais n'est perçu comme compétiteur que l'individu de même espèce, portant les mêmes ornements colorés par lesquels il signale sa présence intempestive sur le territoire de l'autre. S'ensuivent de violents combats qui finissent généralement par la défaite de l'intrus. Mais, si l'intrus appartient à une autre espèce, identifiable à ses couleurs différentes, il ne sera pas considéré comme tel et aucune bagarre ne s'ensuivra.

En observant le phénomène dans un grand aquarium,

on note que les attaques entre individus d'espèces différentes vivant pourtant dans les mêmes habitats coralliens sont des plus rares. L'animal ne défend son territoire qu'à l'encontre de ses propres congénères. Dans l'aquarium, cependant, pas de fuite possible pour les perdants ! Le gagnant tue le perdant et réclame l'aquarium entier pour lui seul, sans se préoccuper des individus d'autres espèces qu'il contient mais qui, à ses yeux, n'existent pas. Pas de compétition interspécifique, donc, dont on a vu qu'elle est rare, infiniment moins fréquente que la compétition intraspécifique. Quant au perdant, s'il n'est pas mort, il se réfugie lamentablement dans un coin et vit le sort de ces infortunés prisonniers qui, dans leur geôle, subissent la dominance physique, morale et souvent sexuelle des forts en gueule.

L'aquarium, c'est la prison, voire l'internat, où, les possibilités de fuite étant limitées, voire nulles, de drôles de choses se passent... Mais, tandis que ces lieux clos sont souvent le théâtre d'amours interdites, l'aquarium ou le récif voient les poissons colorés s'entre-féconder sur leur territoire, qui est leur nid d'amour et que, pour cette raison, ils défendent si farouchement. Par opposition aux poissons *pélagiques* vivant en haute mer, les poissons logeant dans les récifs sont qualifiés de *benthiques*. Subtile distinction de l'écologie !

Ce qui différencie à première vue les poissons vivant en bancs de ceux qui résident dans un domicile fixe au sein de la masse rocheuse du récif, c'est la couleur. Les premiers sont généralement argentés ou bleutés, mais n'arborent jamais les couleurs voyantes des habitants des récifs. Par leurs couleurs, ceux-ci marquent leur territoire comme le fait une nation par son drapeau. Ces mêmes couleurs tiennent aussi lieu d'affiches publicitaires : elles attirent les partenaires sexuels, mais aussi les compétiteurs. Le partenaire est ou n'est pas accepté pour les amours ; quant au compétiteur, il déclenchera le combat pour la maîtrise du territoire. Jouera alors la loi du plus fort, et la victime sera blessée, tuée ou contrainte de déguerpir.

Les poissons d'eau douce peuvent être aussi très beaux et colorés, mais, chez la plupart, les couleurs sont éphémères. L'épinoche rouge-vert-bleu ou la perche arc-en-ciel étincellent de tous leurs feux au temps des amours ou dans la fureur du combat. Ici la couleur est directement liée aux émotions de l'animal et disparaît avec celles qui l'ont fait naître. Par temps calme, le poisson recouvre ses teintes ternes, surtout lorsqu'il a peur, ce qui revient à endosser une tenue de camouflage, ainsi que le constate Konrad Lorenz : « Chez tous ces poissons d'eau douce, la couleur représente un moyen d'expression, présente seulement au moment où elle sert à quelque chose. En conséquence, les jeunes et souvent les femelles ont, dans ces espèces, des couleurs de camouflage peu voyantes. Chez les poissons de corail, au contraire, la robe colorée est permanente et l'agressivité aussi, mais celle-ci ne s'exerce généralement que de jour. La nuit, ils s'habillent de teintes douces et hissent à nouveau le pavillon dès que reparaît la lumière du jour. Tous ces poissons, mâles, femelles et petits, arborent les mêmes couleurs, de sorte qu'ils se repèrent sans peine [1]. »

Mais pourquoi, dans les récifs, tant de monde et tant d'espèces différentes coexistent-ils sur des espaces aussi réduits ? La réponse à cette question illustre une loi de

1. Konrad Lorenz, *L'Agression. Une histoire naturelle du mal*, éd. Flammarion, Paris, 1977.

l'écologie déjà évoquée : celle de la diversité et de la répartition des niches. Chaque espèce a ses propres exigences alimentaires et n'entre donc pas en compétition avec d'autres pour la nourriture, tout en coexistant dans un même espace. Les uns, comme les papillons de mer, s'alimentent directement aux dépens du corail qu'ils broutent ; d'autres croquent des mollusques, des crustacés ou des oursins ; d'autres encore se nourrissent de leurs parasites et s'enhardissent même à pénétrer dans les cavités buccales ou branchiales de leurs congénères pour exécuter leurs tâches ; d'autres, enfin, ont réussi à s'équiper de perçantes cisailles qui attaquent le squelette calcaire des polypes, etc. Ainsi, dans un même espace, fût-il très limité, vivent nombre d'espèces différentes, chacune s'employant à exercer sa profession sans gêner les autres, pas plus qu'un médecin s'installant dans un quartier ne gêne le mécanicien d'à côté ni le pâtissier d'en face. Si, clans ce cas de figure, la concurrence n'existe qu'entre professionnels exerçant la même activité, dans notre récif elle ne s'exerce qu'entre individus d'une même espèce. Tel est l'ordre immuable de la nature… et de la société !

Il arrive toutefois que la société limite de manière drastique les occupants potentiels d'une niche, comme elle le fait présentement pour les médecins dont le strict *numerus clausus* ne permet plus de remplacer les confrères qui se retirent, privant certaines spécialités – la pédiatrie, l'anesthésie, la gynécologie, l'oncologie, par exemple – de praticiens compétents. La nature, en revanche, est prodigue : les niches ne restent jamais longtemps disponibles et trouvent promptement acquéreurs.

L'agressivité liée à la défense du territoire est évidemment un facteur favorable à la survie de l'espèce.

Elle assure aux individus, notamment au moment de la reproduction, la nécessaire sécurité et la protection d'un nid douillet. Car les animaux sont fragiles aux temps des amours, et plus encore lorsqu'ils font l'amour. Les humains aussi : on signalait récemment le sort tragique de deux amoureux enlacés, dévorés par une lionne dans un parc naturel de Tanzanie. Brusquement agressés pendant le coït, l'homme ou l'animal mettent un certain temps à réaliser l'étendue et la gravité de la menace, à émerger du plaisir, à résister ou à s'enfuir…

Chez les poissons coralliens comme chez toutes les espèces animales territorialisées, la combativité est à son maximum au centre du territoire, là où l'animal se sent le plus en sécurité : en ces lieux familiers, la tendance agressive est moins contrariée par la tendance à la fuite. Mais plus l'animal s'éloigne de son quartier général et plus le milieu lui devient étranger, potentiellement hostile : il préférera alors l'esquive à l'attaque.

Les alternances d'attaque et de fuite permettent d'établir les frontières entre territoires par un phénomène d'oscillation entre compétiteurs : à peine un poisson s'est-il enfui que déjà il se retourne à nouveau contre son agresseur. Ce manège peut durer longtemps, jusqu'à ce que les deux adversaires finissent par renoncer à s'attaquer ; ils ont ainsi délimité la nouvelle frontière qui sépare leurs territoires respectifs, exclusivement définie par un rapport de forces.

Ce rapport de forces se manifeste depuis toujours par les guerres que se livrent les groupes humains pour la conquête ou la défense d'un territoire. Comme chez les animaux, ces frontières sont éminemment mobiles, évolutives. Un nouvel affrontement peut sans cesse les remettre en question. D'où, par exemple, les efforts de la communauté internationale pour refuser que soient

remises en cause, en Afrique, les frontières arbitraire-
ment dessinées jadis par les anciennes puissances colo-
niales. Geler les frontières, c'est instaurer une paix
durable entre les nations, sans préjuger des dissensions
internes aux États quand coexistent en leur sein des
groupes ou des ethnies hostiles. Car il en est des territoires comme des poupées gigognes : ils s'emboîtent
les uns dans les autres… du moins chez les humains,
tellement plus compliqués que les poissons !

Chez les poissons des récifs coralliens, l'agressivité
des individus à l'encontre d'un intrus baisse lorsqu'il
s'agit du voisin, généralement mieux toléré que l'étranger. Mais aucun lien individuel n'existe entre ces deux
poissons. Qu'on les déplace, et ils cessent de se reconnaître comme tels et de se tolérer. La bagarre entre eux
reprend aussitôt.

Tout différents sont les comportements des cichlides,
chez qui se manifestent des liens personnels d'ailleurs
longs à s'établir. Mais il s'agit cette fois de liens
durables, comme on le voit lors de la formation des
couples chez ces poissons.

La première étape est la conquête d'un territoire par
un jeune mâle atteignant sa maturité. Elle s'effectue
selon le sempiternel principe de l'« ôte-toi de là que je
m'y mette ». Le territoire une fois acquis vient l'heure
de s'accoupler. Une femelle s'approche avec précaution,
et le mâle l'attaque aussitôt. Pudique, la femelle reconnaît son infériorité et s'éclipse. Tôt ou tard, elle réap-
paraît et se fait à nouveau attaquer. Ce manège se répète
plusieurs fois et permet peu à peu aux deux animaux
de s'habituer chacun à la présence de l'autre, en sorte
que les stimuli déclencheurs de l'agression perdent
de leur efficacité. Le mâle s'habitue à être visité, et ce
d'autant plus aisément que sa partenaire s'approche en

empruntant toujours le même chemin, sous le même éclairage, bref, dans des conditions similaires. Sinon, le mâle va sentir en elle une étrangère et le combat se déclenchera de nouveau.

Si, ce premier stade de l'accoutumance mutuelle étant atteint, on transvase les deux poissons dans un autre aquarium, l'approche devient à nouveau impossible : il faut de très nombreuses approches pour que le comportement pacifique finisse par s'enraciner entre les deux partenaires et devienne indépendant du cadre dans lequel il s'établit. On pourra alors transvaser le couple et même le transporter au loin sans qu'il s'entre-déchire.

Entre-temps, le comportement de la femelle a changé : peureuse et humble au début du processus, elle a désormais perdu son appréhension du mâle et, du même coup, toute inhibition l'empêchant de se comporter agressivement à son égard. Toute sa timidité a disparu, la voici grosse et insolente, ne craignant plus de se dresser face à son mari, au beau milieu du territoire où elle se sent désormais chez elle. Un tel comportement déplaît évidemment au mâle, qui se fâche et se dresse à son tour contre cette mégère. Il prend la position dite de l'«épatement», qui prélude normalement à l'éperonnage de l'ennemi. Et le voici qui se lance à l'attaque ! Mais, ô surprise, pas du tout contre sa femelle : il l'évite de justesse, la dépasse, et fonce sur un congénère qui n'est autre, dans les conditions naturelles, que son voisin de territoire. Nikolaas Tinbergen et Konrad Lorenz qualifient ce processus de « geste nouvellement orienté » ou « réorienté ».

Des simples instincts grégaires de la bande anonyme aux comportements sophistiqués et raffinés des cichlides, on mesure les «progrès» de l'évolution dans cette classe de Vertébrés. Non seulement les cichlides pratiquent l'apprivoisement du partenaire, mais, de surcroît, ces poissons illustrent une potentialité nouvelle, bien connue des comportementalistes : la réorientation de l'agressivité sur un nouvel objet. Un homme en colère contre son voisin décharge son agressivité, de retour au domicile, contre sa femme, à moins qu'il ne frappe du poing sur la table : deux comportements déviés, puisque le geste agressif n'est plus dirigé contre l'agresseur. C'est toujours un autre ou une autre qui paie les pots cassés !

Mais, en attaquant un autre congénère que son épouse provocatrice, le poisson n'invente pas subitement un nouveau type de comportement qui serait purement aléatoire. Bien au contraire, ce type de réponse à l'agression a été sélectionné, ritualisé, et fait désormais partie des instincts bien établis de l'espèce. Cette faculté de dévier l'agression est une trouvaille géniale de l'évolution : elle aboutit à des comportements nouveaux par lesquels l'aménité se substitue paradoxalement à l'agressivité, comme on peut le voir chez des groupes plus récents comme les Oiseaux ou les Mammifères.

CHAPITRE X

La ritualisation des comportements ou des canards... aux droits de l'homme

Si les cichlides parviennent à détourner leur agressivité sur des objets innocents, les oiseaux, plus évolués que les poissons, vont beaucoup plus loin. Ils manifestent des comportements évolutifs qui évoquent ceux-là mêmes qui s'exercent au sein des sociétés humaines.

Observons d'abord un tadorne d'Europe, canard à bec rouge et à plumage multicolore. Chez ces canards, les femelles, quoique de plus petite taille, sont aussi agressives que les mâles. Aussi participent-elles au combat lorsque deux couples s'affrontent. Pleine de fureur, une cane fonce sur le couple ennemi ; mais, en cours de route, elle s'effraie bien vite de son audace, fait demi-tour vers son mari, plus gros qu'elle, et se place sous sa protection. Puis l'envie de combattre lui revient, comme tout à l'heure chez nos poissons, et elle recommence à menacer ses adversaires. Dans cette séquence se succèdent tour à tour les expressions de l'agressivité, de la peur et du besoin de protection, puis à nouveau l'envie de combattre.

Des mouvements spécifiques accompagnent chaque phase de la séquence : lorsqu'elle attaque, la femelle fonce sur l'adversaire tête baissée, le cou allongé ; puis elle fait demi-tour, se redresse et revient dignement vers son mari, la tête haute. Si sa peur est grande, elle va se réfugier derrière son mâle ; si la peur est moins vive, elle s'arrête devant lui, face à face. Mais, son agressivité reprenant le dessus, on la voit, sans retourner son corps, allonger la tête et le cou en arrière, par-dessus son épaule, pour faire à nouveau face aux adversaires. Néanmoins, au retour de son attaque, elle peut aussi bien se placer perpendiculairement à son mâle, et non plus face à lui ; alors son cou et sa tête ne feront qu'un angle de quatre-vingt-dix degrés par rapport à son corps lorsqu'elle affrontera de nouveau ses ennemis. L'un ou l'autre comportement est possible, sans qu'aucun ne soit exclusif.

Chez le tadorne roux d'Asie, c'est le premier des comportements décrits qui l'emporte. La femelle se campe bien face à son mâle au retour de l'attaque, et menace à nouveau en tordant le cou et la tête dans la direction opposée, par-dessus son épaule. Il peut même arriver que ce mouvement intervienne sans qu'aucun ennemi ne menace !

Les choses vont plus loin chez le canard colvert, l'ancêtre de notre canard domestique. Lorsqu'il commence à s'exciter face à un ennemi, il le fait de front, cou et tête tendus en avant ; mais, au fur et à mesure que son excitation grandit, une force étrange semble lui tirer irrémédiablement la tête en arrière, par-dessus l'épaule. Situation paradoxale : le mouvement du corps oriente les expressions agressives dans une direction différente de celle de la cible ! Les yeux de la cane n'en restent pas moins fixés sur l'objet de sa colère. Si le palmipède pouvait parler, il dirait certainement : « Je voudrais menacer dans la direction de cet haïssable canard étranger, mais quelque chose me tire la tête

dans une autre direction ! » Voilà bien un comportement paradoxal, dit conflictuel, où l'on décèle des
mouvements contradictoires et opposés.

Une seule explication possible : au cours de l'évolution, un nouvel élément s'est ajouté, dans le phylum des
canards, au comportement simple et aisément déchif-
frable des tadornes d'Europe. Si le même comportement
primordial subsiste chez le colvert, est venu s'y plaquer
un mouvement instinctif, copie génétiquement fixée de
mouvements ancestraux, ceux qu'on observait chez le
tadorne d'Europe et plus encore chez le tadorne d'Asie.
Bref, ce type de comportement s'est *ritualisé*, pour
reprendre l'expression créée par sir Julian Huxley avant
la Première Guerre mondiale.

Par ailleurs – sans doute est-ce ce qu'il y a de plus
étrange dans ces processus hautement sophistiqués –,
non seulement la ritualisation modifie la séquence des
mouvements, mais elle en modifie également la signification. Plus extraordinairement encore, elle l'inverse !
Chez une cane célibataire de colvert, ces mouvements
expriment, désormais une demande en mariage. À ne
surtout pas confondre avec une demande d'accouplement, qui se manifeste de manière tout à fait différente ! La demande en mariage exprime le désir de la
cane de s'unir à un mari pour une longue durée, et le
mâle répond à sa prétendante par un comportement non
moins ritualisé : il boit et feint de se lisser les plumes.
C'est sa manière à lui de prononcer le *oui* décisif.

Voici donc qu'apparaissent les comportements de
parade amoureuse : il s'agit, pour le mâle, de manifester sa puissance offensive en même temps qu'il rassure
sa partenaire. L'étalage de sa force devient le symbole
de la protection dont elle bénéficiera.

Mais il peut advenir que deux « forces mâles » se

conjuguent : c'est ce que Konrad Lorenz a observé chez des jars, formant entre eux des couples homosexuels particulièrement durables et performants où les parades amoureuses stimulent en permanence les partenaires. Mais quid alors de la sexualité ? Au printemps, saison des amours, ils tentent naturellement de copuler, mais ni l'un ni l'autre n'a l'idée de se coucher à plat ventre sur l'eau, comme font les femelles. Ils se rendent alors compte que «ça ne marche pas», se fâchent un peu entre partenaires, sans toutefois manifester une déception exagérée. Le fait que celui qu'ils prennent pour leur femme est quelque peu frigide ne ruine nullement leur grand amour. Puis, l'hiver venant, ils oublient leur déconvenue et, avec le retour du printemps, le même scénario se reproduit sans que leur relation fidèle en pâtisse vraiment. L'amour plus fort que le sexe ? Décidément, le «platonisme» de ces jars ne laisse pas de surprendre !

De l'agression intraspécifique à la mise en place de liens personnels stables, long est le chemin parcouru par l'évolution ! Mais l'agression est toujours première, elle est le point de départ, ancien ou archaïque, d'où dérivent les plus belles inventions de la Vie.

Tous les comportements d'abord spontanés, puis ritualisés, puis enfin détournés de leurs significations premières, ont pour origine la défense du territoire. C'est elle, en effet, qui déclenche les comportements agressifs dont dérive toute la suite. Au départ, chez les tadornes, l'expression de l'agressivité signifie : «Ôte-toi de là ! Dégage !» En revanche, les comportements ritualisés des canards les plus évolués, les plongeurs comme la nette rousse ou le garrot à l'œil d'or, ou encore des oies sauvages auxquelles appartiennent nos jars, signifient plutôt : «Je t'aime.» Ainsi, d'étape en étape, s'est

constitué, autour d'une séquence de mouvements auto-
nomes et rigides, un nouveau comportement instinctif.
Le couple une fois formé, le mouvement instinctif,
devenu répétitif et autonome, exprime le lien qui unit
désormais le mâle à la femelle. Mais, si la femelle vient
à perdre son époux, elle perd du même coup l'objet – et
le seul – sur lequel elle puisse exprimer cette pulsion.
Lorenz insiste sur le fait que ces processus de ritualisation phylogénétique font naître dans chaque cas un instinct nouveau, aussi autonome que chacune des grandes
pulsions : l'instinct d'alimentation ou d'accouplement,
de fuite ou d'agression. La nouvelle pulsion ainsi créée
prend sa place et fraie sa voie dans le «grand parlement des instincts», et c'est à ces pulsions qu'incombe
désormais la tâche de s'opposer, dans ce «parlement»,
à l'agression et de la canaliser dans une voie non
nocive – «innocente» – afin d'en limiter les effets pré-
judiciables à l'espèce.

Des rites de cette nature ont également été mis en
place au cours de l'évolution de l'humanité. Mais il
s'agit cette fois de rites culturels, non incorporés dans
le patrimoine héréditaire et transmis par tradition de
génération en génération. Là est la différence fondamentale entre l'animal et l'homme, encore que ce cloi-
sonnement ne soit peut-être pas aussi rigide qu'on
pourrait le penser. On trouve en effet une transmission
par apprentissage chez les animaux ayant acquis une
bonne capacité d'apprendre et manifestant une vie
sociale très développée, les choucas, les oies cendrées,
les rats par exemple. On sait que les rats se transmettent
la connaissance des poisons utilisés pour les détruire.
Ainsi traditions animales et traditions culturelles les
plus évoluées chez l'homme ont un point commun :
l'habitude. En conservant et en répétant avec ténacité

ce qui a déjà été acquis, les habitudes jouent un rôle analogue à celui du patrimoine héréditaire dans la formation des rites.

Selon un adage germanique, *Der Mensch ist ein gewohneitstier* : « L'homme est un animal d'habitude. » Nous sommes tous pétris d'habitudes, de celles qui peuvent tourner à la manie, voire à l'obsession qu'on rencontre dans le pire des cas dans les névroses compulsives. Ces habitudes, acquises par chacun grâce à l'éducation, ont une valeur en soi, mais nul ne s'interroge sur les mécanismes évolutifs qui ont pu y conduire. Ainsi, les règles de politesse sont des comportements codés, caractéristiques de chaque culture et variables de l'une à l'autre. Les pulsions agressives sont inhibées par des actes simples exprimant déférence et respect : se dire bonjour, se découvrir à l'école ou à l'église, prendre son tour au guichet ou à la station de taxis...

Pour expliciter les modes d'acquisition de ces comportements ritualisés, Konrad Lorenz a imaginé l'histoire de deux Indiens s'échangeant le calumet de la paix. Il imagine ainsi la séquence des événements.

« Loup-tacheté et Aigle-rusé, chefs de deux tribus voisines de Sioux, tous les deux vieux guerriers expérimentés, un peu las de tuer, ont convenu de faire une tentative jusqu'à présent peu usitée ; ils désirent trancher la question du droit de chasse dans une certaine île de la petite rivière des castors, frontière de leurs territoires de chasse respectifs, en engageant un entretien au lieu de déterrer tout de suite la hache de guerre. Au début, l'entreprise est assez pénible. On pourrait craindre que le fait d'être disposé à parlementer ne soit interprété comme une lâcheté. Les deux hommes, lorsqu'ils se rencontrent enfin sans armes, se sentent donc extrêmement embarrassés. Mais aucun ne pouvant avouer sa gêne ni à soi-même ni à l'autre, ils s'avancent l'un vers l'autre dans une pose particulièrement fière, voire provocante, se regardent fixement et s'assoient aussi dignement que possible. [...]

« Mais quand on reste assis et que l'on ne doit même pas bouger un muscle de son visage pour ne pas trahir son émotion interne, c'est souvent un grand soulagement que de pouvoir faire une chose neutre qui n'a rien à voir avec les deux motivations en conflit, mais prouve, au contraire, une certaine indifférence vis-à-vis d'elles. Tous les fumeurs de ma connaissance ont, dans le cas d'un tel conflit intérieur, le même geste : ils mettent la main à leur poche pour allumer une cigarette ou une pipe. Comment en serait-il autrement chez un peuple qui a inventé l'usage du tabac et de qui nous-mêmes avons appris à fumer ?

« Ainsi, Loup-tacheté – ou fut-ce Aigle-rusé ? – alluma sa pipe, qui n'était pas encore un calumet de paix, et l'autre Peau-Rouge fit de même. Qui ne le connaît pas, ce divin effet apaisant de l'acte de fumer ? Les deux chefs devinrent plus calmes et sûrs d'eux-mêmes, et cette détente fit aboutir leurs pourparlers.

« Peut-être que, dès la rencontre suivante, l'un des deux Indiens a *immédiatement* allumé sa pipe ; peut-être que la fois d'après, l'un n'a pas eu sa pipe sur lui et que l'autre, déjà un peu mieux disposé, lui a prêté la sienne ? Il est également possible qu'il ait fallu toute une série de répétitions de la procédure pour qu'il devienne une vérité banale qu'un Peau-Rouge fumeur est, avec une haute probabilité, mieux préparé à une entente qu'un Peau-Rouge non fumeur. Peut-être a-t-il fallu des siècles avant que l'acte de fumer symbolise la paix d'une manière sûre et non équivoque. Ce qui est certain, c'est qu'au cours des générations, un geste qui n'avait été primitivement qu'un geste d'embarras s'est consolidé en un rite qui avait force de loi pour tout Indien, au point que, pour lui, une attaque après avoir fumé le calumet devenait absolument impossible[1]. »

Ainsi, le rite construit et intégré au Surmoi culturel devient le fondement tout naturel de nos comportements. Il entre dans nos habitudes, au cœur de notre vie quotidienne, et la structure. Certes, dans la société de communication, les modes changent et se ritualisent à toute vitesse. Mais les traditions enfantines perdurent et se transmettent volontiers, et la décoration du sapin reste au cœur de la célébration de Noël, même si le rite de la messe de minuit tend à céder le pas au rituel des sports d'hiver.

L'accomplissement d'un rite demeure en fait profondément sécurisant. On sait combien le changement de rituel liturgique après Vatican II a perturbé d'innombrables catholiques, dont les plus liés au rite ancien se détachèrent de Rome dans le sillage de Mgr Lefebvre. L'orthodoxie, au contraire, est attachée à des rites ancestraux immuables, accordant une grande importance à la beauté de la célébration liturgique… La pratique du rite apporte plaisir, sécurité, sentiment d'appartenance à une communauté. Elle la structure et l'ordonne selon des normes qui sont ses propres valeurs. Le respect individuel et collectif de celles-ci réduit l'agressivité au sein du groupe.

Mais, dans un monde mobile où les voyages au long cours font désormais partie du quotidien, ces valeurs sont aujourd'hui confrontées à celles d'autres sociétés, civilisations, groupes, ainsi qu'à des rituels qui ne sont pas les nôtres. Entre l'exquise politesse des Japonais et

---

1. Konrad Lorenz, *op. cit.*

la forte agressivité des bandes de nos banlieues, un abîme se creuse. Nous voici donc confrontés en permanence aux rites et aux mœurs d'autrui, de ceux qui vivent au loin ou des représentants d'autres cultures qui vivent chez nous. L'apprentissage du respect mutuel entre individus nourris d'une même culture, déjà si difficile, ne suffit plus. Il faut aussi désormais apprendre à respecter les autres cultures, d'abord celles qui coexistent avec nous au sein de l'État républicain : les cultures africaines, asiatiques, l'islam si divers, tantôt sage, tantôt turbulent... Prendre aussi en compte les différences sans établir de hiérarchie dans la mesure où un minimum de valeurs communes – les valeurs républicaines – sont acceptées par tous.

Mais voici qu'il nous faut aller plus loin encore, faire émerger, en ce début de troisième millénaire, de nouveaux concepts et de nouveaux comportements qui, espérons-le, se ritualiseront, traduisant une prise de conscience de notre commune appartenance à cette planète qu'il nous appartient de respecter et de protéger pour ne pas mourir.

Hélas, nous n'en sommes pas encore là ! Nous éprouvons tant de peine à contrôler l'agressivité qui sévit toujours entre groupes humains ! Tout ensemble humain trop vaste pour être soutenu par des liens personnels d'amour et d'amitié dépend, pour sa survie, de la mise en place de comportements sociaux culturellement ritualisés. Or, nous en sommes exactement au stade de l'histoire humaine où de tels comportements doivent désormais être mis en place pour l'humanité entière, sans pour autant détruire les valeurs propres à chaque culture.

La philosophie des droits de l'homme, de portée universelle, est un pas décisif en ce sens, mais les comportements qu'elle postule sont loin d'être ritualisés. Parmi les comportements personnels prohibés, rares sont ceux qui échappent à une ritualisation : ce sont ces gestes qu'on ne doit pas faire en public (bâiller, mettre les doigts dans ses narines, se gratter là où il ne faut pas ou, pis encore, s'exhiber sans pudeur). En revanche, les comportements collectifs qui s'éloignent ou vont même clairement à l'encontre des droits de l'homme sont monnaie courante. La Chine n'éprouve aucune honte à tenir sous son joug le Tibet et les Ouïgours musulmans. La Russie fait de même avec les Tchétchènes. Et l'Amérique de Bush a déployé en Irak son programme « bombes contre pétrole »... Ailleurs, les dictatures ont encore de beaux jours devant elles, tantôt parce qu'elles sont trop misérables pour intéresser l'Occident, tantôt parce qu'elles sont trop fortes : qui oserait ne pas composer avec Pékin où les investisseurs se pressent, avides de marchés juteux ?

Si, au sein d'une communauté humaine, ne pas respecter les rites, les traditions, voire tout simplement les bonnes manières, risque de vous faire mettre à l'écart, il est certes loin d'en aller de même dans la communauté internationale !

Parmi les comportements sociaux ritualisés par la culture, l'apprentissage de la distinction entre le bien et le mal commence dès la petite enfance et se poursuit tout au long de l'ontogenèse humaine. Mais ce bien et ce mal, strictement définis par les normes sociales d'un groupe particulier, n'est pas nécessairement le même dans chaque culture. Offrir des sacrifices humains était un rite usuel chez les Aztèques et les tribus les plus primitives ; manger son ennemi n'y était pas un mal. Aujourd'hui encore, pour nombre d'ethnies africaines, exciser les jeunes filles ne l'est pas non plus. Quant aux Romains réputés si « civilisés », ils ne voyaient pas l'ombre d'une immoralité à livrer leurs esclaves en pâture aux bêtes fauves.

Il faudra beaucoup de temps, beaucoup d'intelligence et beaucoup de cœur pour hisser l'humanité jusqu'à la reconnaissance d'une morale universelle, d'un code de valeurs communément admises dont les droits de l'homme constituent une première ébauche et qui, sans mettre à mal l'irréductible liberté de conscience, nous permettra de relire et de conformer nos propres comportements à l'aune de ces valeurs. Ainsi passerions-nous de l'amour de nos traditions (ce qui nous distingue) à la tradition de l'amour (ce qui nous unit).

CHAPITRE XI

L'agressivité
dans tous ses états

La ritualisation des comportements chez les canards nous a conduits aux droits de l'homme dont un strict respect n'a pas encore débouché sur des rites communément admis par tous. Mais, avec les droits de l'homme, il n'est pas sûr que l'humanité ait dit son dernier mot. Car la solidarité ne s'exprime pas seulement en termes de droits, mais aussi de partage, de convivialité, de fraternité, d'amitié, de compassion et, pour tout dire, d'amour et de miséricorde. L'amour est plus chaud que les «droits» et fait parler le cœur. À l'inverse, la guerre, pour laquelle nous avons une telle propension, a raison et de l'amour et du cœur.

Doit-on considérer la guerre, forme ultime de l'agressivité chez l'homme, comme une invention propre à notre espèce? Ce n'est pas si sûr. Les fourmis, si éloignées de nous, en offrent un exemple : elles se livrent de violentes attaques. Mais pas toujours, comme on le voit en observant les comportements internes à la supercolonie, comptant des milliards d'individus, installée dans des milliers de nids entre le nord de l'Italie et la côte atlantique de l'Espagne, en passant par la France : il s'agit de fourmis originaires d'Argentine, introduites accidentellement en Europe par le biais de plantes importées d'Amérique du Sud il y a quatre-vingts ans, et qui y ont abondamment proliféré. Ces fourmis sont altruistes : elles ne se combattent pas, comme leurs consœurs, entre nids voisins, mais se liguent au contraire pour mieux combattre d'autres groupes exogènes à la supercolonie. Elles ont déjà évincé une vingtaine d'espèces autochtones et sont devenues, du coup, l'une des espèces d'insectes les plus nuisibles d'Europe du Sud. Elles forment en tout cas la plus grande armée de fourmis jamais observée : les individus s'y reconnaissent en se palpant grâce à leurs antennes, et ne s'attaquent jamais. « Paix à l'intérieur, guerre au-dehors » : tel pourrait être leur mot d'ordre.

Mais les fourmis nous offrent d'autres types de scènes guerrières. Certaines, comme les attas, mobilisent toute une fourmilière et dressent de véritables armées pour défendre un territoire, mais celui de leur hôte, un acacia, par exemple, avec lequel elles ont conclu une sorte de contrat d'assistance mutuelle. L'acacia leur offre le gîte et le couvert : des nids et des sécrétions nutritives ; en échange, elles attaquent sans ménagement tout ennemi qui prétendrait détruire cette symbiose, annulant ainsi les clauses du contrat. La guerre vise ici la défense d'un territoire, d'une symbiose et de droits acquis.

Elle peut aussi viser la conquête du territoire d'autrui en vue d'élargir son propre « espace vital », comme Hitler le disait si bien. Ainsi, les mangoustes se livrent parfois des combats acharnés entre bandes rivales. Un groupe de mangoustes rappliqua un jour sur le territoire d'un autre ; après des préliminaires plutôt aimables, les deux groupes se placèrent face à face, comme deux armées : celles-ci avancèrent, puis reculèrent, non sans que les combattants se plantent mutuellement leurs dents aiguës dans la chair. Après une sorte de trêve momentanée, la bagarre reprit de plus belle. Vaincus, les envahisseurs se retirèrent ; on dénombra plusieurs blessés, mais pas de morts. Une mangouste était toutefois si gravement atteinte qu'elle se révéla dans l'incapacité de se nourrir et finit par trépasser.

Beaucoup plus proches de nous, les chimpanzés, nos proches cousins, se font aussi la guerre. Ils s'attaquent entre bandes en arborant des expressions et mimiques qui ne permettent pas de douter un seul instant de leurs intentions meurtrières. Chaque bande patrouille sur sa frontière et effectue des raids contre la bande adverse. L'agression peut aller jusqu'au meurtre.

Mais seuls les rats manifestent un niveau d'agressivité comparable au nôtre : la guerre à mort, bande contre bande.

Steiniger installa des surmulots capturés en diverses régions dans un grand enclos. Il observa que le niveau d'agressivité, nul d'abord, augmentait au fur et à mesure que les animaux se choisissaient un territoire. Des couples d'origine différente commencèrent à se former. Mais le couple le plus ancien manifesta une telle agressivité que tout appariement ultérieur devint impossible. Une sévère hiérarchie s'instaura et les surmulots célibataires furent harcelés, agressés, blessés puis tués. En moins de trois semaines, on dénombra quinze morts. Le rat et la rate du couple dominant manifestaient une agressivité terrible : le rat plutôt envers les mâles, la rate plutôt envers les femelles. Le couple ainsi débarrassé de tout compétiteur procréait abondamment et, ce faisant, créait une famille de rats qui, bientôt, devint une superfamille, avec grands-parents, grands-oncles, grand-tantes, etc. Aucune agressivité sérieuse ne se manifesta entre les membres de cette bande. Aucune hiérarchie : le territoire était commun, la nourriture partagée, les grands tolérant volontiers que les petits leur arrachent des morceaux de nourriture. De même, les adolescents procréaient en toute tranquillité sans être menacés par l'œil jaloux des adultes. Les animaux se touchaient les uns les autres, se témoignaient des signes d'amitié ; les plus jeunes se glissaient l'un sous l'autre ; les plus vieux préféraient grimper par-dessus tous les autres. Entre membres de la bande, la communication était efficace : lorsqu'un individu flairait un appât et le refusait, tous s'en éloignaient (cette connaissance d'un poison éventuel se transmet d'individu à individu et, fait plus curieux encore, d'une génération à l'autre). La famille devint si nombreuse que ses membres finirent par ne plus se connaître individuellement, mais seulement par l'odeur émise, signe d'appartenance qui, pour l'animal, ne trompe pas.

Que survienne dans ces paisibles communautés un rat étranger issu d'une autre famille, et le drame est immédiat. Dès qu'un individu de la communauté le perçoit à son odeur différente, un véritable électrochoc se produit. Toute la colonie est immédiatement informée par les mouvements expressifs émanant de celui qui a détecté l'intrus. À la différence des surmulots, les rats de ville émettent alors des cris perçants, repris en chœur par les membres de la famille. Toute la communauté est en émoi : les yeux sont exorbités, les poils hérissés, la chasse est déclenchée. D'aucuns en viennent même à se combattre mutuellement, puis, se reconnaissant à l'odeur, les membres de la même famille se séparent paisiblement. Mais malheur à l'étranger : l'issue du combat ne fait aucun doute et le malheureux immigré succombe dans les pires conditions. Victime d'une agression généralisée, il exprime une peur panique, comme s'il pressentait la mort affreuse qui l'attend. Contrairement à ce que serait son attitude face à un prédateur, auquel cas, coincé et sans aucune possibilité de fuite, il attaquerait furieusement, ici, assuré de sa défaite, il se laisse, terrifié, mettre en pièces.

Mais ce qui arrive au malheureux immigré peut affecter une famille entière si deux d'entre elles entrent en guerre sur des territoires voisins. Sur un îlot de la mer du Nord, Steiniger a observé la répartition du territoire entre plusieurs familles de rats, chacune étant séparée de l'autre par un no man's land d'une cinquantaine de mètres. C'est sur ces terrains non appropriés que se livre une lutte incessante. N'étant pas en mesure d'envoyer autant de combattants au front, les familles les plus réduites peinent à se défendre et peuvent être exterminées. L'agressivité globale est liée d'emblée à la dimension du territoire : sur des territoires très vastes, chaque famille occupe une superficie qui lui est propre, avec une frontière nettement marquée la séparant de sa voisine désignée comme l'ennemi ; si la densité augmente et que l'espace vital se réduit d'autant, les confrontations deviennent alors inévitables.

Les affrontements de naguère entre la France et l'Allemagne illustrent ces mécanismes. En quête d'« espace vital », notion chère à la propagande hitlérienne, l'Allemagne de 1940 déborda la frontière du Rhin pour envahir d'abord une partie, puis la totalité de notre Hexagone. Les lignes françaises furent enfoncées par l'adversaire alors qu'elles avaient résisté durant la Première Guerre mondiale, se stabilisant sur le front de Verdun où la violence des affrontements donna lieu à l'une des plus horribles boucheries de l'Histoire.

C'est exactement ce qui se passe entre deux clans de rats, à la frontière de leurs territoires respectifs, lorsque la densité des populations est grande et les territoires de chacun par trop réduits. Ainsi, les humains partagent avec ces rongeurs une agressivité d'une exceptionnelle intensité ; mais ceux-ci présentent au moins sur nous un avantage : ils cessent de se reproduire lorsque leur peuplement atteint un certain nombre d'individus, ce qui limite automatiquement leur besoin d'«espace vital».

Une expérimentation cruelle fut menée pour déterminer avec précision la surface minimale de cet espace vital pour des familles de rats. Dans une vaste enceinte, deux familles furent installées, chacune s'empressant de marquer son territoire : l'une dans un coin de l'espace rectangulaire, l'autre dans le coin opposé. La ligne de démarcation séparant à égale distance les deux coins, dite aussi zone de rencontres, fut le siège de manifestations inamicales et d'agressions sporadiques entre membres des familles opposées. Au fur et à mesure que l'expérimentateur réduisit artificiellement l'espace disponible en restreignant la superficie de l'enceinte, les comportements à la frontière devinrent de plus en plus violents, puis, faute de territoire suffisant, des guerres impitoyables se déclenchèrent sur la ligne de front – la boucherie, Verdun, précisément ! Cette violente agressivité envers des individus de même espèce, sinon de la même famille, fait irrésistiblement songer au racisme et à ses effets calamiteux : la cruelle guerre tribale que se livrèrent il y a peu Hutu et Tutsi en Afrique orientale y trouve ses tragiques équivalents dans la nature.

Plus les armes dont dispose un animal sont efficaces, plus grave est le danger. Chez les grands prédateurs, un seul coup de dents dans la jugulaire, et l'adversaire est mort. C'est ce qui advient parfois chez les loups, mais de manière tout à fait exceptionnelle, sur un brusque emportement ou un accès de colère. Car, dans leurs sociétés, à la différence de celles des rats, les comportements agressifs sont inhibés au maximum. Les loups s'organisent en sociétés strictement hiérarchisées, dominées par un couple alpha qui, seul, procrée. La mère génitrice confie à l'une de ses consœurs le soin d'allaiter et d'élever ses enfants : celle-ci exerce en somme le rôle de nourrice. Le couple alpha parcourt le groupe, soucieux d'être reconnu par tous comme leader. Nous sommes là désormais dans un monde où des chefs dominent la bande et s'imposent, induisant chez leurs subordonnés des attitudes de soumission pour asseoir leur autorité. Les babouins, par exemple, présentent leur postérieur au dominant. Les loups – comme les chiens, leurs descendants – se couchent sur le dos, ventre en l'air, pour exprimer leur subordination au chef. Ils montrent à son égard une vive admiration et c'est cette aptitude à admirer les leaders qui a permis leur domestication : un chien voue à son maître une admiration sans bornes, traitant son propriétaire comme un loup traite un loup alpha. L'un des privilèges du couple alpha est d'avoir un accès prioritaire à la nourriture, les dominés prenant leur tour selon le rang qu'ils occupent dans la hiérarchie.

Paradoxalement, une meute de loups est moins conviviale qu'une famille de rats. Chez ces derniers, l'agressivité mutuelle entre individus est faible ; elle ne s'exerce avec violence qu'envers les rats d'une autre famille. Chez les loups, au contraire, de vives querelles éclatent au sein de la meute, mais elles se terminent en général par la soumission du dominé dont le vainqueur tient le cou entre ses crocs sans jamais mordre : il se contente de faire semblant. Un rituel qui s'est transmis au chien domestique et sans lequel il n'y aurait plus, depuis bien longtemps, ni chiens ni loups.

L'exercice de ce rituel permet à tout moment d'évaluer la position hiérarchique d'un animal au sein de la meute. En effet, si seul le couple alpha procrée, sa dominance n'a rien de définitif mais est sans cesse remise en cause. Les femelles non reproductrices continuent à ovuler et à courtiser les mâles ; mais elles ne copuleront que si la femelle dominante disparaît ou si son statut régresse à l'issue d'une confrontation ou d'un combat.

Les loups sont des animaux très sociaux ; l'amitié mais aussi la détestation se manifestent chaque jour au sein de la meute. Un loup, une louve peuvent être exclus du clan, rester momentanément solitaires, tenter d'intégrer une autre meute. Mais l'étranger est souvent mal accueilli. Au début, il prend la fuite, mais finit par céder et fait acte d'allégeance en se couchant sur le dos, position typique de soumission chez les Canidés.

Dans la meute, la suprématie du mâle dominant est remise en question chaque année. Il est rare qu'il conserve ce statut plus de trois ans. Mais il est fréquent que plusieurs loups se liguent contre lui pour le faire rentrer dans le rang avec sa femelle.

Les loups s'accouplent sous nos climats au mois de février. Les préliminaires à l'accouplement sont longs ; ils peuvent durer plusieurs heures, voire plusieurs jours pendant lesquels le mâle et la femelle se frottent, se mordillent, se positionnent côte à côte, s'observent. Mais, à chaque tentative de monte, la femelle s'esquive, jusqu'à ce qu'enfin elle condescende à céder. Pourtant l'attachement entre mâles et femelles est très fort au sein de cette espèce.

C'est le couple dominant qui choisit le territoire où s'établira la meute, veillant à la sécurité et au maintien de l'ordre en son sein. Tant qu'il n'est pas détrôné, il y exerce sa dominance par le rituel de la «mise sur le dos» des dominés.

Chez ces animaux, l'expression de l'agressivité subsiste, mais l'acte meurtrier ne va jamais jusqu'à son terme : les crocs menacent mais ne tranchent pas la jugulaire. Un puissant processus d'inhibition s'est mis en place, remplaçant les combats par leur simulacre. Un enseignement auquel nous devrions réfléchir...

Rats et loups nous font peur et sont classés, de ce fait, dans le bestiaire des «nuisibles». Mais que dire du crocodile, autre animal redouté à la gueule menaçante ?

Or l'évolution réserve bien des surprises. Qu'y a-t-il dans la gueule de ce reptile, tellement plus ancien que les rats et les loups ? Ses petits ! Lorsque leurs œufs éclosent, les crocodiles s'emparent en effet de leurs nourrissons et les prennent dans leur bouche pour les protéger derrière leurs puissantes mâchoires. Ainsi, malgré son archaïsme, le saurien manifeste une émouvante aptitude au maternage : les jeunots prennent appui dans l'énorme cavité buccale de leur maman et regardent à travers ses dents comme des passagers par les vitres d'un train ou d'un autocar. Le crocodile marque ainsi un évident progrès par rapport aux tortues qui, leurs œufs une fois pondus, ne montrent plus aucun souci de ce qu'il adviendra de leur progéniture à son éclosion. Pourtant, les tortues sont elles aussi des reptiles. Mais, dans ce phylum, l'évolution a favorisé le lien social : ici, la mère et ses petits. Ainsi, même chez des animaux réputés parmi les plus cruels et dangereux, la vie se ménage des plages d'aménité.

CHAPITRE XII

Nos cousins les chimpanzés

Avec les grands singes anthropoïdes, nous décou-
vrons nos plus proches cousins. Grâce à trois femmes
surnommées « les Trois Anges », Jane Goodall, Diane
Fossey, Biruté Galdikas, la communauté scientifique
peut aujourd'hui se targuer de mieux comprendre leurs
mœurs et leur culture. Ces femmes, missionnées dans
les années 1960-1970 par l'anthropologue Louis Leakey, observèrent les grands Primates dans la nature :
l'orang-outang, le gorille et, plus près de nous encore,
le chimpanzé et le bonobo. Louis Leakey proposa à Jane
Goodall de vivre avec les chimpanzés de la réserve du
fleuve Gombe, en Tanzanie ; elle fut la première à
identifier chaque individu par un nom, et non plus par
un numéro comme le voulait jusque-là la coutume.
Diane Fossey paya de sa vie sa lutte pour sauver des
gorilles des montagnes Virunga, en Afrique, tandis que
Biruté Galdikas lutta sans relâche pour la protection
des orangs-outangs d'Indonésie.

Plus récemment, le grand primatologue Frans de
Waal[1], néerlandais installé à Atlanta, consacra aux
chimpanzés et aux bonobos de nombreuses et passion-

---

1. Frans de Waal, *De la réconciliation chez les Primates*, éd.
Flammarion, coll. « Champ », Paris, 1992.

nantes observations, tant et si bien qu'il n'est plus exagéré, aujourd'hui, de parler de leurs techniques, de leurs cultures, de leurs traditions, de leur altruisme et des rituels de réconciliation qui font partie de la vie sociale de ces animaux si proches de nous.

Les plus proches, peut être parce que les plus intelligents, sont sans doute les chimpanzés. Si les primatologues peuvent attribuer un nom à chacun, c'est que commence à percer ici la notion de personne : comportements et caractères varient d'un individu à l'autre, comme chez nous. Mieux encore, il n'y a pas une seule culture caractéristique de l'espèce entière : les chimpanzés se diversifient en sous-cultures selon les localisations géographiques, les comportements, l'utilisation d'outils (pour prélever le miel, par exemple), ce qui annonce déjà les expressions sociales infiniment diversifiées des sociétés humaines. Des centaines de millions d'années se sont écoulées depuis l'émergence des premières bandes anonymes de poissons pélagiques. Quel chemin parcouru depuis entre ces bandes informés et ces sociétés hautement organisées !

Les chimpanzés développent entre eux des relations sociales stables. Il forment des communautés au sein desquelles chacun possède une identité, un statut, une position sociale. Les membres du groupe sont amis et/ou rivaux ; s'ils se chamaillent pour la nourriture ou le choix du partenaire, ils dépendent étroitement les uns des autres, ce qu'ils manifestent par des contacts physiques amicaux dont l'épouillage est le symbole. L'agressivité souvent très vive entre mâles de haut rang est contenue par des systèmes de tolérance ou de réconciliation qui empêchent une surchauffe, une explosion, voire une désintégration de la communauté. Ils ne sont pas sans évoquer ces familles qui conservent leur cohésion malgré d'inévitables querelles, quand elles ne dégénèrent pas en véritable champ de bataille.

Dans les sociétés de chimpanzés vivant sous l'autorité sourcilleuse d'un mâle dominant, les querelles sont fréquentes et peuvent aller jusqu'au meurtre. Pour les dévorer, ils n'hésitent pas à chasser des babouins, des antilopes ou d'autres singes plus petits ; pis : on a observé chez eux des pratiques cannibales perpétrées sur des bébés chimpanzés à la fois par des mâles et des femelles. Ces pratiques ont conduit biologistes et éthologues à considérer que le chimpanzé était «encore plus proche de l'homme qu'on ne le pensait… ».

Au hit-parade de l'agressivité chez les Primates, le premier prix reviendrait sans doute au macaque rhésus, plus agressif encore que les chimpanzés, mais aussi plus chétif et plus éloigné de nous. À l'inverse, d'après les éthologues, la culture des chimpanzés et leurs comportements nous sont tout aussi proches que le sont nos affinités taxinomiques et génétiques : nous avons avec eux plus de 98 % de gènes communs et il n'est donc pas étonnant de constater entre eux et nous d'aussi étroites affinités culturelles. On a ainsi recensé chez eux : la chasse collective à laquelle nos ancêtres consacraient le plus clair de leur temps ; le partage de la nourriture ; l'usage des outils ; les affrontements politiques pour le pouvoir et même les formes primitives de la guerre. En laboratoire, le chimpanzé peut apprendre à s'exprimer par le langage des signes. Une jeune femelle chimpanzé bien entraînée, nommée Washoe, a réussi à apprendre trois cent cinquante signes différents et est parvenue à les assembler pour former de courtes phrases. Quand on lui montrait son visage dans un miroir et qu'on lui demandait : «Qui est-ce ? », elle répondait : «Moi, Washoe. »

Si la domination des mâles dans la plupart des sociétés humaines est évidente et prête aujourd'hui à vives contestations, les chimpanzés reconnaissent également la primauté du sexe dit fort. Dans une communauté de chimpanzés, la hiérarchie entre mâles est rigoureuse : l'un rampe en poussant des grognements tandis que l'autre, bien droit, se livre à des gestes d'intimidation pour que les choses soient claires et qu'il n'y ait aucune contestation sur le point de savoir qui domine qui. Les femelles sont toujours dans le camp des dominés. Loin de les aider à élever leurs petits, les mâles constituent pour ceux-ci une grande menace, ce par quoi ils se distinguent généralement de nous. Chez eux, le sort des jeunes est entièrement laissé au soin des femelles.

Inversement, les mâles chassent ensemble, se font la guerre pour des questions de territoire, et sont simultanément amis et concurrents. Comme dans nos sociétés contemporaines, ils s'associent avec d'autres au sein de plus vastes groupes, comparables à nos entreprises, et affrontent ainsi collectivement d'autres sociétés. On retrouve chez eux comme chez nous ce délicat équilibre entre dissensions internes et unité face au monde extérieur, rivalités au sein de l'entreprise mais front uni face aux concurrents.

Les signes extérieurs de la dominance sont spectaculaires. Dans les postures d'intimidation, le mâle dominant se fait plus grand encore qu'il n'est en hérissant ses poils et en se tenant très raide, tandis que le malheureux dominé rampe dans la poussière en haletant. La conquête du pouvoir met en œuvre des stratagèmes subtils qui s'apparentent étroitement à la politique. Pour renverser le mâle dominant, le chimpanzé noue des alliances ; il recrute des partisans. S'il parvient à mettre le dominant à terre, il reste néanmoins tributaire de ses alliés, leur accordant des faveurs, par exemple de s'accoupler avec des femelles réceptives, ce qu'il refuse catégoriquement à ses rivaux.

Durant de longues années, Frans de Waal a observé ce type de comportements dans l'importante colonie de chimpanzés du zoo d'Arnhem, aux Pays-Bas. Il a suivi cinq luttes de cette sorte parmi les mâles adultes de la colonie. Trois ont eu pour conséquence un renversement de l'ordre hiérarchique ; deux, un rétablissement de situations antérieures. Ces affrontements mettent en œuvre des procédures d'intimidation, des rencontres agressives, voire des attaques physiques. Les confrontations alternent avec des retrouvailles touchantes et des séances d'épouillage, signe sacro-saint d'amitié chez les Primates. Au fur et à mesure que la tension monte, les manifestations d'amitié s'espacent, le futur dominant refusant tout contact avec son rival. Les coalitions nouées entre mâles sont destinées à accomplir ou à conserver un statut élevé ; dans ces stratégies purement opportunistes, la sympathie ou l'antipathie jouent peu de rôle. Lorsqu'il intrigue pour le pouvoir, le mâle ne tient pas compte de ses préférences affectives manifestées par le nombre et l'intensité des gestes d'amitié et des séances d'épouillage. Comme en politique, seule compte la coalition gagnante, qui n'a qu'un but : la conquête du pouvoir. Ce comportement est radicalement opposé à celui des femelles qui vivent dans un monde horizontal fait de liens sociaux plus amènes. En somme, seuls les mâles font de la politique. Tancredo Neves, ancien président du Brésil, résumait ainsi l'attitude masculine en ce domaine : « Je ne me suis jamais fait un ami dont je ne pouvais me séparer, et je ne me suis jamais fait un ennemi dont je ne pouvais m'approcher. » L'exacte définition des manigances pour le pouvoir chez les chimpanzés… et les hommes !

La stricte hiérarchie entre les mâles maintient la cohésion du groupe en dépit des rivalités internes. Les mâles d'Arnhem suscitaient vingt fois plus d'incidents agressifs entre eux que les femelles. Pourtant, ils s'associaient et s'épouillaient au moins autant que celles-ci. Impossible, en revanche, d'établir une stricte hiérarchie entre les femelles, aussi bien au zoo que dans la nature. Elles participent à la quête de nourriture et élèvent les enfants. Toutefois, elles ne vont pas à la messe ! Au moins, sur ce point, les chimpanzés diffèrent-ils de nous : on ne saurait leur appliquer la règle des « trois K » *Kirsche, Küche, Kinder* (l'église, la cuisine, les enfants) qui assignait aux femmes leur position hiérarchique dans l'Allemagne d'autrefois. Cela ne signifie pas qu'elles ne nouent pas entre elles des coalitions. Elles s'emploient à entretenir de bonnes relations avec un petit cercle de parents et d'amis, mais ne font pas de politique. Pour cette raison, il n'est pas toujours nécessaire pour elles de se réconcilier en cas d'inimitié ou de bagarres avec autrui. De Waal notait que, dans sa colonie d'Arnhem, chaque femelle avait un ou deux ennemis absolus avec lesquels il n'était pas question de se rabibocher. La distinction entre amis et ennemis est ainsi beaucoup plus marquée chez les femelles que chez les mâles.

Ceux-ci ont au contraire intérêt, après une bagarre, à se réconcilier au plus vite pour conserver leurs chances de se maintenir ou de conquérir le pouvoir. Pour eux, tout ami est un ennemi en puissance, et vice versa. Comme il ignore quand il aura besoin d'un de ses rivaux, un mâle se garde bien d'être rancunier, ce qui pourrait le conduire à l'isolement – équivalent, dans le système de coalition complexe des chimpanzés, à un véritable suicide politique. En politique humaine aussi, d'ailleurs, il faut savoir opportunément renverser les alliances, opter pour le compromis, pardonner et oublier, ou tout au moins faire semblant.

Étant extrêmement territorialisés, les chimpanzés ne peuvent quitter leur domaine sans courir les plus gros risques. Un mâle dont la position dominante a été contestée puis anéantie est éliminé. Il doit parfois s'éloigner à la périphérie du territoire de la communauté et sera, du coup, à la merci de l'agressivité des patrouilles frontalières de ses voisins. De dominant il devient exilé, proscrit. Puis les tensions s'apaisent et ces mâles défaits peuvent s'en revenir vers la région centrale du territoire. Mais les risques de rejet, d'agression, voire de meurtre subsistent. Tel est le sort que connurent certains proscrits dans la nature, en particulier à Bombay et dans les montagnes du parc national de Mahale, en Tanzanie.

Il advient, dans les bagarres, que les testicules soient visés. Des cas de castration ont été observés, équivalant à l'octroi d'une note éliminatoire dans un examen : le malheureux mâle, dépourvu de ses attributs, est mis hors jeu. Un sort pire que celui des eunuques ou des castrats dont le statut social chez les humains est reconnu. Il est vrai que la domination masculine s'exerce aussi chez nous par des atteintes aux organes génitaux. L'excision n'est-elle pas l'expression la plus cruelle de cette domination ? Elle élimine, avec tout accès au plaisir sexuel, le risque, pour les pères et les maris, de voir leurs filles ou leurs épouses chercher l'aventure hors du foyer.

Si l'instinct intervient dans l'explication des mécanismes de l'agressivité, l'éducation et l'environnement jouent aussi leur partition. Ainsi, il est plus facile de transformer un bull-terrier en machine à tuer qu'un labrador doré. Chez les chimpanzés comme chez les humains, certains individus apprennent plus vite que d'autres à développer un comportement agressif. Sans doute y a-t-il une forte part d'apprentissage dans ce type de comportement chez les humains aussi bien que chez les animaux où l'imitation joue un grand rôle, les enfants reproduisant les modèles parentaux ou sociétaux.

Mais les chimpanzés sont aussi capables d'oublier leurs griefs. Dans ce cas, les comportements mis en œuvre visent non seulement la réconciliation, mais aussi des stratégies destinées à éviter à l'avenir les conflits. Ainsi, en ce qui concerne le partage de la nourriture, les animaux de haut rang ne se l'approprient pas ou ne la conservent pas pour eux seuls. Dans la nature comme en captivité, ils autorisent les inférieurs à s'en saisir, ou bien accèdent à leur demande en leur en abandonnant une partie. Si cette demande est ignorée, les subordonnés en sont très perturbés et vont jusqu'à manifester leur colère par de véritables crises de nerfs. Pour éviter de tels psychodrames, ceux qui ont de la nourriture, quel que soit leur statut, s'éloignent lorsqu'un membre du groupe, particulièrement envieux, vient à s'approcher. Il s'agit là d'un comportement inhabituel dans la plupart des sociétés de singes.

Le quémandeur manifeste son désir en s'approchant de son congénère, main tendue et ouverte. Ce geste, que l'on observe fréquemment après les conflits, exprime une demande de réconciliation. Le geste invitant au partage de la nourriture est donc celui-là même de l'invite à la paix. La riche symbolique du repas partagé, qui culmine dans la Cène, trouve peut-être ici ses plus lointaines racines.

Avec les chimpanzés, nous entrons dans un monde où le pardon existe. Des comportements conviviaux se mettent en place pour tempérer l'agressivité. Les stratégies de lutte pour le pouvoir s'amortissent également pour ce qui a trait à l'appropriation des femelles : là aussi, la notion de partage apparaît. Chez la plupart des singes, les mâles adultes s'évitent en présence d'une femelle sexuellement réceptive ; les chimpanzés, au contraire, surmontent ces tensions par le geste d'amitié par excellence : l'épouillage. Confrontés à une rivalité sexuelle, les mâles se rassemblent plus qu'ils ne se dispersent. Après une longue séance d'épouillage entre mâles, un mâle subordonné peut s'approprier la femelle sans devenir la cible de l'agression des autres. Tout se passe comme si ces mâles dominés obtenaient la « permission » de s'accoupler en échange de leur bonne volonté dans les séances d'épouillage – un phénomène baptisé « marchandage sexuel ».

Chez ces Primates très évolués, on passe donc du principe des privilèges liés à la domination à celui du partage et de l'échange. Les subordonnés calment les dominants et les rendent tolérants ; les dominants acceptent ce marchandage suivant le principe d'« un prêté pour un rendu » : « Tu m'épouilles et je t'autorise à copuler. » Ce qui postule une prévision à long terme quant aux avantages à tirer des privilèges ainsi accordés.

Ce même type de comportements structure en profondeur les sociétés humaines, n'en déplaise aux zélateurs de la thèse du gène « égoïste[1] » selon laquelle

---

1. Richard Dawkins, *Le Gène égoïste*, éd. Odile Jacob, Paris, 2003.

tout être vivant ne rechercherait que son seul avantage immédiat, dans un parfait mépris des autres. L'hédonisme et les thèses libertaires poussés dans leurs ultimes conséquences, plus encore lorsqu'elles sont teintées d'arrogance nietzschéenne, expriment cette façon de voir où tout altruisme est nié, voire tourné en dérision.

Une fois encore, chez nos cousins chimpanzés, compétition et coopération, guerre et paix, agressivité et aménité sont les deux faces d'une même médaille. L'évolution des sociétés humaines tend à les pousser vers la primauté des seconds termes de ces couples. Pour cela, il convient de maîtriser violence et agressivité afin de les contenir dans des limites acceptables. C'est dans cette direction que, mieux et plus que nous, ou que les chimpanzés, se sont orientés les bonobos.

CHAPITRE XIII

La solution bonobo

Les bonobos se sont invités tardivement à la table des grands singes. Dès le début du XXᵉ siècle, l'Américain Robert Yerkes exprime un doute sur l'appartenance d'un singe, Prince Chim, à l'espèce *Pan troglodytes*, le chimpanzé. On suppute alors qu'il peut appartenir à une espèce voisine : le bonobo. D'abord considérés comme une sous-espèce des chimpanzés, les bonobos, en raison des différences anatomiques qui les caractérisent par rapport à ces derniers, n'ont été élevés au rang d'espèce, sous le nom de *Pan paniscus*, qu'en 1993. Jusque-là, en raison de sa petite taille, on l'appelait le « chimpanzé pygmée » ; le voici devenu le quatrième des « grands singes ».

En liberté, les bonobos occupent une des régions tropicales les moins peuplées et les moins développées de la planète : le centre du Zaïre, région de forêts denses au cœur de la République démocratique du Congo, d'accès très difficile et à peu près vierge de toute présence humaine. Les bonobos y vivent en communautés isolées, le fleuve Zaïre limitant leur habitat au nord et à l'ouest. Leur population totale est comprise entre dix mille et vingt-cinq mille individus, ce qui en fait une espèce fragile, peu prolifique, donc à protéger. L'Union internationale de conservation de la nature (IUCN) et la CITES (organisme réglementant le commerce international des espèces en danger) en interdisent la chasse, la mise à mort, la capture et le commerce. Un interdit qui vient renforcer un tabou très vif parmi les populations locales interdisant la consommation de viande de singe. Pour renforcer encore la protection des bonobos, la République démocratique du Congo a créé une réserve scientifique au sein de laquelle la forêt de Vamba compte une densité de population élevée : une centaine de bonobos pour soixante-dix kilomètres carrés. Cette forêt est attentivement surveillée par les scientifiques afin de décourager les braconniers qui, dans plusieurs cas observés, se sont attaqués aux bonobos pour les vendre ou les manger, malgré tabous et interdictions.

Aussi proches de nous que les chimpanzés, ces grands singes constituent des sociétés plus pacifiques où la balance compétition/coopération semble pencher en faveur du second terme de l'alternative. Ils forment des sociétés égalitaires où les femelles jouent un rôle central et où un exercice intense de la sexualité réduit l'agressivité.

Dans les communautés bonobos, le mâle dominant n'est plus seul maître du jeu, les femelles jouant un grand rôle : elles élèvent longtemps leurs petits dont la croissance est plus lente que celle des jeunes chimpanzés. Les mères se montrent très attentives à leur endroit et les fils, même devenus adultes, restent durablement auprès d'elles. Comme les alliances entre mâles sont peu développées, les femelles exercent une influence beaucoup plus grande que chez les chimpanzés. Leur statut est en rapport avec leur âge et ne dépend pas de leur capacité d'intimidation physique : les plus âgées jouissent d'un statut plus élevé et sont plus influentes. Mais les femelles sont plus respectées par affection qu'en raison de leur rang élevé.

Pourtant, tout ne va pas pour le mieux dans le meilleur des mondes bonobos : une femelle peut se ruer sur une autre et la mordre. Mais de tels combats restent rares. Les combats entre mâles sont plus fréquents, bien que, si l'on excepte le mâle alpha, la hiérarchie masculine soit moins marquée que chez les chimpanzés. Il est vrai que les mâles conservent leur vie durant un rapport étroit avec leur mère dont l'influence intervient souvent dans le déroulement des combats qui les opposent. Cherchez la mère…

Un mâle adulte se hissera au sommet de la hiérarchie si sa mère est de haut rang ; son statut lui est donc conféré par celle-ci, fait très rare chez les Mammifères et qu'on ne retrouve guère que chez les lémures de Madagascar et la hyène tachetée. Car, ici, la dominance des femelles s'affiche, même si elles sont physiquement plus faibles que les mâles. Chez les chimpanzés, ces derniers s'assurent la priorité pour la nourriture, les femelles passent en second. Ce comportement hiérarchisé disparaît chez les bonobos. Les mâles ont beau se livrer à toutes les démonstrations possibles, les femelles y restent indifférentes et se repaissent en toute tranquillité. Même physiquement plus fort, le mâle refuse le combat. Quand c'est lui qui possède la nourriture, il perd toute confiance en soi dès qu'une femelle s'approche. Tous les observateurs ont noté cette nette dominance des femelles concernant l'appropriation de la nourriture, les mâles n'effectuant des démonstrations de force qu'à distance et sans succès.

La vie sociale est réglée par les alliances que concluent les femelles, lesquelles coopèrent entre elles de manière à laisser les mâles hors circuit. Mobiles et peu territorialisées, elles peuvent passer sans difficulté, jeunes encore, à un autre groupe où elles vont nouer à nouveau des liens avec des femelles plus âgées.

Mais c'est dans l'exercice de la sexualité que les bonobos donnent leur pleine mesure : le slogan hippie des années 1960 : «Faites l'amour, pas la guerre !» pourrait leur tenir lieu de mot d'ordre. Adeptes du Kama-sutra avant l'heure, ils sont capables de faire l'amour dans toutes les positions, et sont même les seuls parmi les grands singes à pratiquer la position dite du «missionnaire», l'amour face à face, que l'on croyait réservée aux seuls humains. Pudiquement, on dit d'eux qu'ils pratiquent la sexualité *more hominum*, comme les humains, alors que les chimpanzés s'accouplent *more canum*, comme les chiens. Cette manière de faire permet une communication optimale entre les deux partenaires. C'est la position la plus sociale, et sans doute est-ce pour cette raison que les bonobos, les plus socialisés des grands singes, l'ont adoptée – comme nous, d'ailleurs. À la différence des chimpanzés, des gorilles et des orangs-outangs qui pratiquent la sexualité ventro-dorsale, l'appareil sexuel des bonobos, comme celui des humains, est anatomiquement adapté à cette position, la vulve se situant plus en avant sur la face ventrale de la femelle.

Ces bonobos, pour lesquels la sexualité est si importante, sont physiologiquement adaptés à son exercice. Les lèvres de la vulve sont habituellement gonflées et affichent une jolie coloration rose ; elles restent dans cet état pendant la majeure partie du cycle menstruel au point que ces femelles ont quelque difficulté à se poser sur leur arrière-train. Si nous étions comme elles, sans doute n'eussions-nous point inventé la chaise ! Mais, paradoxalement, la période de fertilité des bonobos est très réduite, comme d'ailleurs leur fécondité. Les bonobos font l'amour tout le temps mais accouchent fort peu : une femelle n'enfante en moyenne qu'un jeune tous les quatre ans et demi, l'allaite pendant quatre ans et le porte et le protège plus longtemps encore – un maternage remarquablement intense et prolongé !

La femelle bonobo est donc sexuellement réceptive indépendamment de la fonction reproductive ; elle peut avoir des rapports sexuels de façon continue, à l'instar de la femelle humaine, qui ne dépend même pas, elle, de ce gonflement des lèvres. Aussi les bonobos s'en donnent-ils à cœur joie : les spécialistes notent qu'ils s'accouplent six ou sept fois plus souvent que les chimpanzés, soit en moyenne toutes les quatre-vingt-dix minutes !

Le découplage entre la sexualité et la fonction de reproduction, si caractéristique des sociétés humaines modernes, incite à reconnaître à l'exercice de la sexualité une fonction sociale. Chez nos bonobos, la sexualité est le moyen privilégié de résoudre conflits, compétitions et tensions, le sexe réglant la vie sociale de la façon la plus pacifique qui soit. Le toilettage, également très pratiqué, tient lieu de mesure étalon des liens sociaux.

La gamme des comportements sexuels varie à l'infini et expérimente tous les cas de figure : homo- et hétérosexualité, sexualité de groupe, sexualité orale, masturbation, baisers profonds, positions variées, lieux d'accouplement les plus divers (au sol, dans les arbres, etc.). Bref, ils sont pansexués mais ne pratiquent pas la pénétration anale.

Ignorant le couple, les bonobos ne manifestent pas de préférence sexuelle spécifique ; ils ne connaissent pas la jalousie. Moins orientés vers les conflits pour le pouvoir que les humains ou les chimpanzés, mais habiles à utiliser la sexualité pour résoudre les tensions, les bonobos offrent un modèle alternatif à nos sociétés : ils sont les véritables hippies du monde vivant. Si, la libéralisation des mœurs aidant, certains de nos comportements sexuels peuvent évoquer les pratiques bonobos, il est néanmoins inimaginable qu'ils aient une incidence directe sur le règlement de nos conflits individuels ou collectifs. On voit mal un humain proposer à son pire ennemi de faire l'amour !

En revanche, nous sommes bien meilleurs qu'eux en politique et, bien sûr, dans le maniement des outils, où nous excellons. Là encore, les chimpanzés sont plus proches de nous, les bonobos n'utilisant pratiquement aucun outil et se montrant, au moins sur ce point-là, moins intelligents. Tandis que les chimpanzés cassent les noix avec des pierres ou dénichent les termites à l'aide de brindilles, nos bonobos préfèrent consommer les gros fruits que la nature leur offre gratuitement dans ces forêts équatoriales sans qu'ils aient le moindre effort à fournir pour se les procurer : ils se contentent de les manger une fois tombés à terre. Quoique croquant par-ci, par-là des insectes, des reptiles, des musaraignes, voire de petites antilopes, les bonobos ont une alimentation à forte dominante végétarienne. Ils consomment seulement 1 % de protéines animales. Ce quasi-végétarisme jouerait-il aussi un rôle dans l'atténuation de l'agressivité ? Question traditionnellement controversée...

Experts en matière de sexualité, les bonobos forme-raient-ils des sociétés sans tabous ? Mais peut-on ima-giner une société sans tabous ? Ils en conservent au moins deux : celui de l'infanticide, celui de l'inceste.

Contrairement à beaucoup de Mammifères comme le lion, le gorille, le chimpanzé et même la souris, les bono-bos ne pratiquent jamais l'infanticide. Du roi Hérode aux pédophiles les plus dangereux, des menaces pèsent jusque chez nous sur les enfants. Aucun cas d'infanti-cide n'a été observé chez les bonobos.

Le second tabou est celui de l'inceste. Les femelles l'évitent en quittant leur groupe natal dès l'âge de sept ans, quand leurs premières tumescences apparaissent ; c'est une sorte de laissez-passer efficace qui leur per-met d'être accueillies sans difficulté dans les commu-nautés voisines où leur sexualité s'épanouit alors sans contrainte. Cette migration des femelles de communauté à communauté élève une barrière aux possibilités d'ac-couplement avec leur père ou leurs frères. Une telle barrière par mise à distance est inconnue des humains chez qui l'inceste est pourtant prohibé, même s'il est sans doute moins rare qu'on ne le pense. Il paraît alors comme la transgression d'une règle simple : les indivi-dus de sexe opposé avec lesquels on a été élevé depuis la plus tendre enfance ne peuvent ni ne doivent susci-ter aucun désir sexuel. Chez les bonobos, si ce proces-sus est perturbé – quand, par exemple, dans un zoo, les jeunes ont été élevés en nurseries –, il n'est pas rare de les voir pratiquer, à leur retour dans leur famille, des rapports incestueux avec un proche parent.

Il existe chez nos bonobos un lien étrange entre sexualité et prise de nourriture, qui confirme l'extrême importance de la fonction sexuelle parmi cette espèce. En captivité au zoo d'Arnhem, les mâles entrent en érection dès que les gardiens s'approchent avec le plat du jour. Les activités sexuelles reprennent aussitôt, provoquées par l'arrivée du repas. Il semble que ce comportement ait pour objet de faire tomber la concurrence et la tension que l'apport de nourriture engendre entre individus. De même, si deux mâles s'approchent d'un jouet qu'on leur a donné, ils se montent mutuellement avant de jouer avec cet objet.

Des situations qui provoqueraient, chez d'autres espèces, des querelles ne provoquent ici aucun incident agressif, les bonobos pratiquant une sorte de sexualité préventive. Le comportement sexuel jouant comme un mécanisme d'apaisement des tensions, on peut dire que les bonobos ont poussé très loin l'art de la réconciliation par le sexe. Chez nous aussi, au demeurant, on se raccommode sur l'oreiller – mais seulement avec son partenaire, pas avec n'importe qui ! Les bonobos, eux, substituent les activités sexuelles aux rivalités. Elles apaisent la concurrence à l'heure du repas, facilitent les rapprochements après les affrontements. Ils constituent ainsi l'espèce où la sympathie et l'empathie entre congénères sont le plus élevées.

La découverte récente des sociétés bonobos peut passer pour une contribution tardive de la science au mouvement féministe. Ces sociétés dominées par les femelles fournissent une réponse au modèle « macho » inspiré du comportement des babouins et des chimpanzés, connu depuis bien plus longtemps. Ces derniers ont inspiré les scénarios de l'évolution humaine conçus autour de la chasse, de la guerre, de l'emploi des outils et autres prérogatives masculines. Les bonobos, au contraire, mettent davantage l'accent sur les relations sexuelles, l'égalité entre les sexes, l'éducation des enfants. Ils contredisent par ailleurs, on l'a vu, l'idée selon laquelle le sexe n'aurait d'autre fonction que la procréation. Comme chez les humains, la femelle est réceptive et excitée bien au-delà de la période d'ovulation.

La société humaine se caractérise par des liens entre mâles – la politique, longtemps exclusivement masculine, a joué ce rôle jusqu'à il y a peu –, d'autres entre femelles – par exemple les mouvements féministes –, mais surtout par des familles nucléaires centrées autour des parents et des enfants. La première de ces caractéristiques nous rapproche des chimpanzés, la seconde des bonobos, mais la troisième nous est propre, car il n'existe aucun modèle de famille nucléaire chez les grands singes. La famille comprise en son sens humain est une invention propre à notre espèce ; les deux parents peuvent y collaborer à la longue éducation des enfants et chacun des partenaires s'y sentir pareillement en sécurité. Sans doute fallait-il en passer par là pour assurer l'élevage de petits qui, chez nous, ont besoin de leurs parents pendant de très longues années.

Pour en finir avec les bonobos, une belle histoire d'amitié : un jour, dans un zoo anglais, une jeune femelle bonobo captura un étourneau. Betty Walsh, qui observe la scène, lui demande de le relâcher. Le bonobo s'exécute et pose doucement l'oiseau à terre. Mais celui-ci ne bouge pas, comme pétrifié. Elle le lance alors en l'air ; l'étourneau volète un instant, puis se repose. Elle le reprend, grimpe au sommet d'un grand arbre en serrant fortement le tronc avec ses jambes afin de garder l'oiseau dans ses mains libres. Arrivée au sommet de l'arbre, elle déplie les ailes de l'oiseau, les ouvre toutes grandes et le projette aussi loin qu'elle peut au-delà des limites de l'enclos. Mais il retombe à proximité. Betty entreprend alors de le veiller et de le protéger de la curiosité d'un jeune bonobo un peu trop entreprenant. En fin de journée, l'étourneau, remis de ses émotions, a disparu : il s'est envolé !

Récapitulons

Dans les eaux libres des océans, les poissons vivent en bandes – en bancs. Aucun lien personnel n'existe entre eux. Chaque individu est un anonyme au sein de la bande qui se forme et se déforme au gré des courants ou de l'approche des prédateurs. Tout différents sont les poissons des récifs de corail, fortement colorés et territorialisés, vivant au sein de niches écologiques propres à chaque espèce. S'il n'existe toujours pas de lien entre individus de même espèce, et moins encore entre ceux d'espèces différentes, l'agressivité pour la défense du territoire est en revanche très forte. Elle s'exerce cependant un peu moins vigoureusement à l'égard du voisin, mais celui-ci n'est pas reconnu comme tel : il n'est pas identifié par un lien personnel. Placés dans un aquarium, c'est-à-dire hors de leur territoire naturel, ceux qui étaient voisins s'agressent aussitôt.

Tout différent est le cas des cichlides, où un lien personnel s'établit cette fois entre mâle et femelle. Certes, ce lien est lent à s'établir, car les premiers contacts sont très agressifs. Il ne s'instaure que par rapprochements successifs entre les partenaires, jusqu'à ce qu'une sorte de familiarité s'installe entre eux. L'agressivité du mâle vis-à-vis de la femelle s'atténue alors et l'on voit même des femelles pousser l'audace jusqu'à agresser le mâle… Celui-ci se défend en agressant non pas l'agresseuse, mais quelque innocent du voisinage. Le mécanisme de réorientation de l'agressivité apparaît, parfaitement perceptible chez des oiseaux comme les canards, beaucoup plus évolués que les poissons.

Au départ, on trouve chez les canards les mêmes comportements agressifs pour la défense du territoire. Face à l'adversaire, certains menacent en tournant le cou et la tête en arrière ; puis, chez d'autres espèces, ce comportement se ritualise, devient instinctif, et peut se manifester même lorsqu'il n'y a plus d'adversaire à menacer. Mieux encore : ritualisé, instinctif il en vient à changer de signification et, chez les canards les plus évolués, devient une demande en mariage, voire le signe le plus clair de l'alliance durable qui lie chez ces animaux deux partenaires pour longtemps, et souvent à vie. Dans ce cas, le comportement initialement agressif a perdu sa signification d'origine, il s'est inversé et devient paradoxalement symbole d'amour.

On constate dans la plupart des espèces la mise en place par l'évolution de tels comportements destinés à limiter ou à inhiber l'agressivité. Si les rats et, comme nous le verrons, les humains semblent avoir moins bien réussi que d'autres en ce domaine, les Canidés, tels les loups, usent de postures de soumission qui bloquent la dent agressive du dominant et protègent ainsi le dominé. Toutes sortes de processus de réconciliation se développent aussi chez nos cousins les Primates. Certains de ces derniers, récemment découverts, les bonobos, utilisent étrangement l'exercice intense de la sexualité pour réduire l'agressivité.

L'organisation matriarcale de la société, chez les éléphants ou les singes bonobos, représente une autre stratégie conduisant à réduire l'agressivité globale de sociétés où l'on rencontre – notamment chez les chimpanzés – une organisation sociale proche de la nôtre : des alliances se nouent, des stratégies politiques sont mises en œuvre, chaque individu a désormais une personnalité qui lui est propre… On est ici bien loin de la bande anonyme de poissons pélagiques ! Mais, chez la quasi-totalité des espèces, les mâles sont en règle générale plus agressifs que les femelles – ce que confirment parfaitement les sociétés humaines auxquelles il convient de nous attacher maintenant.

LIVRE III

Les sociétés humaines
entre guerre et paix

CHAPITRE XIV

Prudente approche
des sciences humaines

Qu'un modeste botaniste, écologue de surcroît, s'aventure sur le territoire suroccupé des sciences humaines, voilà qui l'expose aux pires opprobres. Car les barrières qui séparent les disciplines sont plus hautes et mieux gardées encore que celles qui séparent les espèces : les franchir fait courir de grands risques. Encore que l'irruption d'un botaniste sur ces terres qui lui sont étrangères – au moins en théorie – puisse s'apparenter à une confrontation interspécifique dont nous avons vu qu'elle mobilise rarement l'agressivité ! Un individu appartenant à une espèce étrangère est généralement ignoré lorsqu'il circule sur un territoire occupé par une autre espèce. On l'a bien vu avec les poissons des récifs coralliens. Et un médecin ne court aucun risque de concurrence quand il voit s'installer près de chez lui un épicier. Gageons qu'il en sera de même ici. Car, hormis la prédation, fréquente entre individus d'espèces différentes, mais somme toute peu probable dans notre cas, l'étranger n'entre pas dans les mécanismes compétitifs qui opposent les congénères de même espèce.

Ainsi, l'écologue pense ne rien avoir à craindre de ses collègues des sciences humaines, desquels il sollicite la plus grande indulgence pour ce qui suit, bien qu'il ait eu la prudence de s'adjoindre dans cette aventure un bon spécialiste. Indulgence d'autant plus nécessaire qu'il se propose de résumer en quelques chapitres ramassés, avec tous les risques de simplification inhérents à l'exercice, les tenants et aboutissants du problème de l'agressivité et de la violence au sein des sociétés humaines.

L'agressivité et la violence dans les sociétés humaines : vaste question, vaste sujet, liés à la nature même de l'homme tel qu'il émerge à l'une des extrémités d'un des phylums des Vertébrés, celui des Primates. De l'homme des cavernes aux aréopages les plus raffinés de notre culture occidentale, le thème de la violence est au cœur de la réalité humaine. Le philosophe, l'anthropologue, l'éthologue, le sociologue, le psychologue, tous y sont allés de leurs explications, de leurs hypothèses et de leurs théories, avec, au centre du débat, cette question primordiale : comment reléguer la violence, la maîtriser ou tout au moins en réguler les manifestations ?

Avant d'aborder à très grands traits les diverses théories proposées sur la genèse et la maîtrise de la violence, une première constatation s'impose : jusqu'au XXe siècle, les comportements animaux étaient largement ignorés, de sorte que les débats se sont circonscrits aux sociétés humaines, sans référence au monde animal. Telle est sans doute la raison pour laquelle sociologues et psychologues, philosophes et anthropologues ont travaillé sur ce thème sans prendre en considération l'arrière-plan que constitue la mise en place, à travers toute l'évolution du règne animal, de multiples stratégies destinées à réguler les flux agressifs et violents. Ainsi de la théorie psychanalytique qui traite de l'origine des phénomènes agressifs à partir d'une analyse strictement personnelle liée à l'ontogenèse.

CHAPITRE XV

L'explication psychanalytique

Pour le psychanalyste, toute l'affaire se joue à l'intérieur d'un triangle figuré par le père, la mère et l'enfant, au cœur duquel s'installe le très célèbre complexe d'Œdipe. Triangle qu'on approchera avec une certaine prudence, de peur d'y être happé et noyé comme dans celui des Bermudes...

Les relations complexes entre les trois sommets du triangle se jouent dès la conception. Elles ont alimenté une littérature qui doit s'évaluer en milliers de tonnes de documents édités tout au long du XXᵉ siècle, tant a été prégnante dans les sciences humaines l'approche psychanalytique.

Dès l'âge de quatre ans, selon le docteur Dodson, commence pour l'enfant une autre forme d'adolescence, ce qui, notons-le, ne manquera pas de surprendre les béotiens que nous sommes. En effet, à cet âge, la sexualité est supposée jouer un rôle décisif dans le développement psychoaffectif de l'enfant. Précoce en la matière, le petit garçon tombe tout bonnement amoureux de sa maman. Une relation toutefois interdite par la présence du père ou de celui qui, dans la famille, incarne l'autorité paternelle. Ainsi le plaisir qui découlerait d'une relation amoureuse avec la mère est-il interdit à l'enfant : c'est le complexe d'Œdipe. Voilà donc le garçonnet condamné à vivre un conflit entre libido et interdit paternel qui la contredit. Au moment où la vie jaillit chez l'enfant, le père symbolise tous les interdits imposés par la société. Le conflit rompt l'harmonie, crée la fragilité, et avec elle surgissent différents types de comportements : soit défier les interdits paternels et les transgresser en désobéissant, soit les contourner, soit les accepter et les subir. À ce stade de l'ontogenèse s'impose donc la loi du « bon père » : l'accepter, c'est faire le bien ; la défier, c'est faire le mal. Au moins dans la tête de l'enfant…

C'est à cette étape aussi qu'émerge, au cœur de la psychanalyse, le pénis, symbole et instrument de l'agressivité. Le petit garçon va jouer avec des armes, des sabres, des poignards. Il va se battre avec ses petits camarades, feindre de les transpercer, de les abattre, de les mettre à mort. Plus tard, les *Game Boy* vont lui procurer des simulations satisfaisantes de ces comportements primitifs. Ce phallus qui ne peut se diriger vers son objet naturel – le sexe de la mère – se trouve ainsi détourné de son objectif, comme l'est déjà l'agressivité chez les cichlides lorsque les mâles évitent de s'en prendre à leur femelle pour foncer droit sur un congénère et déverser sur lui leur agressivité.

Pourtant, ici, l'analyse des comportements se révèle infiniment plus complexe que chez ces poissons. L'enfant et l'adolescent qu'il va devenir vivront en effet des situations antagoniques, passant de moments de plaisir, lorsqu'il joue avec ses armes, à des périodes plus conflictuelles et angoissantes. Il craint alors de ne plus être aimé, et des pulsions négatives – des pulsions de mort – s'emparent de lui. Car, si l'agressivité ne trouve pas à s'employer, elle risque de se retourner contre le sujet lui-même et d'aboutir à l'autolyse, c'est-à-dire au suicide, conséquence fatale d'une incapacité à exprimer vers le dehors des pulsions qui demandent à s'exercer sur des objets ou des sujets extérieurs. D'où l'importance du suicide chez les jeunes adolescents qui ont peut-être mal géré leur complexe d'Œdipe et le vide qu'occasionne le sentiment d'abandon.

Pour la petite fille, les choses sont bien différentes. Ici, plus de pénis, plus de phallus. C'est vers le père que l'enfant orientera ses premières pulsions ; mais elles se heurteront cette fois à l'interdit de la mère. D'où une double frustration : la carence de l'organe symbolique de la pulsion agressive, et la carence de l'objet sur lequel pourrait se fixer la libido de l'enfant. La petite fille va combler cette frustration en imitant des scènes familiales où elle endosse le rôle de la mère : elle joue à la poupée, la materne, mais la gronde aussi lorsqu'elle n'est pas sage. Mais l'agressivité ainsi exprimée reste verbale ; elle ne met jamais en scène un objet pointu ou tranchant, un phallus, si ce n'est une langue aiguisée, une « langue de vipère » par où s'exprime si souvent l'agressivité féminine. Chez l'homme, doté de cet objet agressif, les querelles s'achèvent par le coup de poing. Au pis, les femmes se crêpent le chignon.

Il y a aussi, chez la femme, une moindre propension à retourner contre elle-même ce qui est déjà chez elle une agressivité plus modérée ; d'où un nombre bien moindre de suicides chez les jeunes filles.

Ainsi le dit et le veut la psychanalyse. Si ses tenants et ses aboutissants peuvent être discutés – ce qui serait une audace de l'esprit de nature à vous faire exclure et interdire de tout débat ! –, les faits semblent pourtant corroborer cette thèse.

Des études épidémiologiques menées en 2001 constatent une moindre agressivité des filles par rapport à celle des garçons : 43 % des garçons et 20 % des filles seulement ont été mêlés à une bagarre à l'école ; 20 % des garçons et 6 % des filles seulement ont blessé quelqu'un ; 19 % des garçons et 8 % des filles ont eu des problèmes avec la police ; 5 % des garçons et 1 % des filles ont déjà utilisé une arme. Il faudrait donc, à la lecture de ces chiffres, craindre davantage les agressions violentes venant des garçons que celles venant des filles.

Ces différences ont-elles des bases biologiques ? Sont-elles liées aux effets des androgènes, plus abondants chez les mâles ? Y aurait-il un lien entre testostérone et agressivité ? Beaucoup le pensent. L'exemple des hyènes, rapporté par Rémy Chauvin, semblerait le confirmer.

Ces animaux se singularisent, parmi toutes les espèces de Mammifères, par une teneur très élevée en androgènes chez les femelles. Celles-ci sont plus grosses que les mâles et présentent une morphologie externe qui semble mimer la leur : un très gros clitoris et de fausses bourses remplies d'un tissu fibreux. Elles sont particulièrement dominantes et agressives, à la différence des éléphantes ou des femelles bonobos qui, on l'a vu, exercent à l'égard des mâles un ascendant plus débonnaire.

Certes, chez les lions, ce sont les femelles qui chassent ; mais ce sont les mâles qui prélèvent les premiers leur part de la chair fraîche qu'elles ont rapportée. Chez les hyènes, au contraire, les femelles se servent les premières ; ce sont elles aussi qui défendent le territoire du clan contre les agresseurs, tout comme elles défendent aussi leurs proies contre les lions qui voudraient s'en emparer. Enfin, elles défendent leurs petits contre l'infanticide commis par d'autres hyènes (l'infanticide est très répandu chez les Carnivores).

Voilà donc une espèce qui virilise les femelles et leur confère les comportements typiques que manifestent les mâles dans la plupart des espèces. Pourtant, malgré des taux élevés d'androgènes, la femelle présente un comportement sexuel normal et ne se soustrait pas plus que chez une autre espèce aux avances des mâles. De ce point de vue, elle n'est nullement « déféminisée » comme le serait une chienne traitée aux androgènes, qui perd alors toute attirance pour le sexe fort.

En fait, les liens entre les teneurs en hormones et l'agressivité sont beaucoup plus complexes qu'on ne l'avait cru. L'attention se porte aujourd'hui sur une enzyme, l'aromatase, qui, selon le professeur Gilles-Éric Séralini [1], semble jouer un rôle décisif dans le métabolisme des hormones en transformant la testostérone… en œstrogènes, lesquelles joueraient aussi un rôle dans l'agressivité. Ainsi les teneurs en cette enzyme, le nombre des sites récepteurs aux hormones dans le cerveau, le caractère non linéaire du lien entre la nature et les teneurs en hormones d'une part et l'expression de l'agressivité, d'autre part, seraient des facteurs cruciaux, programmés dès le développement fœtal et après la naissance. Cette programmation est elle-même sous la dépendance de facteurs environnementaux tels que la place et le statut de l'individu dans le groupe, le niveau de stress, la nature des polluants qui peuvent se fixer sur l'ADN, etc. Bref, seules des explications multifactorielles peuvent rendre compte du fonctionne-

---

1. Communication personnelle.

ment des mécanismes qui expliquent l'agressivité, les facteurs culturels jouant à coup sûr un rôle important.

On pourrait par exemple s'interroger, de ce point de vue, sur le lien éventuel entre la relative fragilité biologique des garçons et leur plus grande agressivité. C'est là une simple hypothèse dont il serait bien difficile de démontrer la validité, mais, toujours supérieure, l'espérance moyenne de vie chez les filles semble arbitrer en leur faveur pour ce qu'on pourrait appeler une meilleure aptitude biologique globale. Par exemple, elles supportent mieux le veuvage que les hommes, si souvent désemparés lorsqu'ils se retrouvent seuls.

Or toutes les études sociologiques montrent que l'agressivité d'un groupe humain augmente lorsqu'il se fragilise. C'est ce qui se produit, par exemple, lors du passage brutal d'un mode de vie rural traditionnel, encadré par une reconnaissance mutuelle des membres du groupe, à l'anonymat des grandes cités sans âme de nos banlieues. L'équilibre de la vie familiale, tribale ou villageoise – des communautés toujours de petite taille – est alors rompu. Désemparés, atomisés, les individus deviennent des errants privés de repères dans des métropoles anonymes. La violence est alors, selon Blandine Kriegel[1], le « cadeau empoisonné » de l'urbanisation sauvage.

L'agressivité serait ainsi le prix à payer pour une fragilisation des structures sociales dans lesquelles sont insérés les individus. Plus le cactus est privé d'eau, plus il se munit d'épines. Plus un animal est privé de ce qui lui est nécessaire, de nourriture ou de partenaires sexuels, par exemple, plus il se montre agressif. Ainsi

---

1. Blandine Kriegel, *Philosophie de la République*, éd. Plon, Paris, 1999.

passe-t-on, en fondu enchaîné, de la théorie ontologique des racines de l'agressivité, que nous propose la psychanalyse, à la théorie sociologique visant cette fois la prise en compte du groupe et de la responsabilité collective.

Dans son ouvrage *Savoir faire, savoir dire*[1], Jérôme Bruner relève chez les grands singes une confrontation prolongée entre jeunes et adultes : les jeunes observent les adultes et jouent avec eux ; ils apprennent en observant et en imitant. Cela est encore plus vrai chez l'homme, animal social par excellence. Notre espèce présente en effet des singularités qui la distinguent des autres Primates : répandue sur toute la planète, elle offre une variété de caractéristiques biologiques et psychosociales à nulle autre pareille.

Au sein de notre espèce, l'agressivité apparaît comme une alternative à la non-résolution des conflits, qu'il s'agisse de problèmes individuels ou de conflits de société. Elle devient alors une forme de langage, un signal qu'il importe de recevoir comme un message dénonçant des sentiments d'exclusion. Ces conflits, nous devons les assumer et les affronter en misant simultanément sur l'exercice de l'autorité et sur l'attitude de compréhension.

---

1. Jérôme Bruner, *Savoir faire, savoir dire*, PUF, Paris, 2000.

CHAPITRE XVI

Les phénomènes de bandes

Les grands ensembles des banlieues, fierté des années 1960-1970, ont généré des fruits amers, notamment ces phénomènes de bandes qui symbolisent, aux yeux de nos sociétés apeurées, l'agressivité au quotidien. Les « sauvageons », les « petits voyous » font peur, surtout lorsqu'ils agissent en bandes. Celles-ci révèlent des types de comportements archaïques qui rappellent l'organisation sociale des chimpanzés. Le phénomène ne peut se mettre en place que lorsque l'ensemble des codes et des représentations socioculturels ont disparu. Ces jeunes pour lesquels les valeurs républicaines ou religieuses n'ont aucun sens, parce qu'on ne les leur a pas inculquées dès la petite enfance, se perçoivent comme des exclus, rejetés par la collectivité : un rejet souvent aggravé par les différences ethniques. De ce vide sidéral – échec ou négation de ce qui est le propre de l'homme : la culture – émerge la bande.

Dans une bande, les liens entre individus sont strictement hiérarchisés. Comme chez les chimpanzés, le chef n'est pas nécessairement le plus fort physiquement. Il exerce son autorité avec l'appui de quelques gars musclés qui en ont plus dans les bras que dans la tête. Son autorité s'impose à la bande tout entière.

Mais il peut être destitué par un putsch, comme on l'observe d'ailleurs aussi chez les chimpanzés.

Chacun dans la bande joue un rôle : voici le dealer, le petit voleur, le creveur de pneus, et le dernier venu : un petit que la bande a adopté parce qu'il exhibe son sexe à tout propos. Pour être adopté, il faut innover, ne pas prendre le rôle déjà dévolu à un autre.

La bande fonctionne comme une entité, un corps dont chaque individu constituerait un organe. En bonne doctrine hégélienne, « elle se pose en s'opposant ». Au sein du groupe, l'individu éprouve un sentiment de puissance invincible qui l'amène à se dépasser en commettant des actes qu'il n'aurait sans doute pas perpétrés s'il était seul : provocation, sadisme, viol collectif, etc. Dans la bande se dilue la notion de responsabilité des actes commis ; l'individu se sent alors irresponsable et non coupable. Ainsi de ces jeunes qui ne comprennent pas la gravité de leur comportement lors d'un viol collectif, une « tournante ». La sanction sera vécue par eux comme une défaite, une partie de jeu perdue, voire une injustice. Les habitudes de l'individu, ses convictions, ses croyances, son intelligence s'effacent pour laisser place à la médiocrité et à la cruauté dictées par la bande. Et c'est souvent l'individu le plus fragile qui devra se dépasser plus encore que les autres pour gravir les échelons et renforcer sa reconnaissance au sein du groupe.

La bande occupe un territoire : un quartier, un espace vert… Le centre de ce territoire peut être une cave, une arrière-cour, l'entrée d'un immeuble, un Abribus. La bande n'aura de cesse que de le réoccuper si la société l'affecte à de nouvelles fonctions et se le réapproprier. D'où l'importance, lorsqu'un projet d'aménagement est envisagé, de bien connaître la « signification territoriale » du lieu aux yeux de ses occupants habituels. On ne construira pas là où un camarade a été tué. Réaménager, se réapproprier l'espace suppose une parfaite connaissance des fonctions effectives de cet espace. Dans un parc, par exemple, un chemin sera tracé là où un sentier a déjà été naturellement dessiné par le piétinement des passants.

La hiérarchie, le territoire, l'agressivité autant d'éléments qui ramènent le comportement de la bande aux fondamentaux de la vie sociale dans le monde animal. Naturellement, la sexualité en fait partie. Elle joue un rôle décisif en manifestant, par exemple dans les « tournantes », le niveau de performance et d'endurance de chaque individu lorsque tout interdit est tombé, vaincu par l'audace du groupe. La bande recherche naturellement la performance dans les viols, les voitures brûlées, l'affrontement avec la police. Il n'est pas rare qu'au cours de tels heurts le meneur soit débordé par ses troupes, qu'il ne contrôle plus. De tels phénomènes peuvent aussi être observés lorsque, mû par une forte émotion collective, un groupe de salariés séquestre le patron d'une entreprise, les leaders syndicaux étant eux-mêmes débordés ; ou lorsque des agriculteurs saccagent une sous-préfecture, voire le bureau d'un ministre…

Que faire face à une bande déchaînée, lorsqu'une pharmacie, par exemple, est attaquée pour se procurer de la drogue, ou lorsqu'une personne innocente devient la cible des horions et des quolibets dans l'escalier d'un immeuble ? La règle absolue, dans ce cas, est de ne rien faire qui puisse aggraver le déchaînement des comportements collectifs. Il convient d'éviter à tout prix de faire « monter la mayonnaise » et se garder de toute provocation. Bref, il faut laisser passer l'orage à moindres frais : un individu isolé ne peut ni ne doit en aucune façon affronter une bande. Les forces de l'ordre savent déjà ce qui leur en coûte de tenter de les disperser.

Face à de tels phénomènes qui induisent de fortes réactions sécuritaires au sein de la population, répression et prévention sont deux éléments de réponse complémentaires et indissociables. S'il convient de mettre les meneurs hors d'état de nuire, il est non moins nécessaire de renforcer les processus de resocialisation en travaillant au niveau des individus. La bande, en effet, s'affaiblit lorsque ses membres retrouvent place dans la société grâce à un emploi, par exemple.

À ces jeunes, associations et mouvements éducatifs s'efforceront d'apporter les rudiments d'une culture dont le point de départ pourra être le quartier, dans la mesure où valeurs et notions abstraites n'ont plus pour eux aucune signification. C'est autour de la vie de quartier que pourra s'organiser une réflexion et se mettre en place de nouveaux comportements qui permettront de redonner aux individus un statut, une identité sociale. Car un jeune au chômage n'est rien, pas même un RMiste. À l'État, aux collectivités territoriales de réinvestir les quartiers en difficulté avec l'adhésion et l'appui de la population. Pour cela, il faut savoir écouter et comprendre les sentiments, les griefs et les rancœurs qui s'expriment.

Aussi paradoxal que cela puisse paraître, il faudra sans doute réapprendre aux parents les fonctions paternelle et maternelle sans lesquelles aucune éducation n'est possible. Pour cela, on envisagera de créer des stages de quelques jours, avant la naissance d'un enfant et avant son inscription en école maternelle ; car les membres de la bande, devenus adultes, ne pourront exercer leurs fonctions parentales qu'à l'issue d'une reculturation et d'une resocialisation.

Ce qui est vrai des garçons l'est aussi des filles, généralement minoritaires dans les bandes, mais qui, sans doute par mimétisme, y développent souvent une très forte agressivité. Elles s'identifient alors aux garçons en se montrant encore plus cruelles qu'eux. Car le monde des bandes, comme celui des armes ou de la politique, est un monde où prévalent des valeurs masculines. Pour y trouver sa place, une femme devra adhérer à ces valeurs et adapter ses comportements en conséquence. D'où l'émergence d'une sorte d'étrange machisme au féminin, si perceptible chez beaucoup de femmes qui exercent de hautes responsabilités en politique ou en entreprise. Ce n'est pas un mince paradoxe de constater qu'au moment même où la place de la femme dans la société ne cesse de s'affirmer les valeurs féminines n'y occupent toujours pas la place qu'elles mériteraient.

Les bandes témoignent d'une sorte de normalisation des comportements agressifs en leur sein. La provocation, la contestation des normes sociales, l'agression y sont de règle. Et l'on entrevoit ce que serait l'humanité si les valeurs culturelles qui ont relayé chez nous le rôle de l'instinct venaient à s'effondrer… Nous serions alors, à proprement parler, bien moins que des bêtes !

En ce sens, l'humanité sans culture est proprement inimaginable. Ce qui, dans les phénomènes de bandes, frappe d'emblée, c'est d'ailleurs l'évanescence de toute culture. À moins que l'usage du verlan et le port de la casquette américaine, visière tournée vers l'arrière, ne soient les signes d'une contre-culture dont le seul référent serait de défier la société, ses lois et ses normes.

CHAPITRE XVII

Que disent les philosophes

Dans toutes les civilisations, philosophes et penseurs se sont donné pour objectif de reléguer ou de contenir l'agressivité et d'en prémunir autant que possible les sociétés humaines. Tout au moins jusqu'à l'époque contemporaine.

Aristote plaide déjà pour un régime républicain où l'autorité s'exerce par la loi et non par la force. Athènes, modèle premier de la démocratie, conjure le recours à la violence. Et Confucius, dans la Chine ancienne, plaide pour la loi liant harmonieusement et pacifiquement l'homme à la nature.

C'est à partir de la Renaissance qu'en Occident analyses et énergies convergent pour juguler le comportement agressif des individus et des sociétés. Seules sont reconnues comme justes les guerres défensives. Quant à la société, aussi bien chez Hobbes que chez Jean-Jacques Rousseau, elle sera fondée sur un pacte de paix sociale. S'instaure alors entre les citoyens un règlement uniformément accepté, visant à surmonter les litiges par l'application de la norme et de la loi. Déjà, les Lumières imaginent une république universelle à l'échelle de l'humanité. Tel fut le rêve des philosophes ; tel, aussi, celui des grands naturalistes des Lumières, de l'Anglais Joseph Banks à l'Allemand Alexander von Humboldt dont il est peu courant d'évoquer les œuvres dans le monde de la sociologie et de la philosophie[1]. C'est à eux que l'on doit le concept d'universalité de la science. Le glissement de l'attachement exclusif à la patrie vers la prise en compte de valeurs plus universelles s'amorce avant que n'émerge, en ce début de millénaire, le souci de la planète et des générations futures.

La pratique quotidienne exprime la poussée des idées. Le duel est interdit et il devient séant dans l'aristocratie de se servir à table d'un couteau, voire d'une fourchette. La barbarie est niée, exclue, la civilisation s'impose en même temps que les civilités. La langue est châtiée, les bonnes manières sont promues.

Mais voici que déferle, tout au long du XIXe siècle, la philosophie allemande, qui change radicalement la donne. Fini l'âge classique qui, avec l'ordre instauré par Montesquieu, relègue la violence et institue l'État de droit. Désormais, la révolte, la violence, la réémergence d'un homme prométhéen, sûr de lui et maître de l'univers, envahissent la sphère philosophique. Marx pousse à la révolution, Nietzsche plaide pour un homme fort, libéré des contraintes que lui impose la vie sociale. Bref, c'est désormais la prééminence de la force sur le droit ou, plus exactement, de la force mise au service de l'émergence d'un nouveau droit, plus égalitaire mais aussi plus libertaire. Certes, la Révolution française avait initié le mouvement et l'Empire napoléonien, en plaçant la guerre au centre du dispositif politique, avait restauré en quelque sorte la violence d'État. S'affirme

---

1. Concernant l'histoire et la pensée de ces naturalistes, on se reportera à mon ouvrage *La Cannelle et le Panda,* éd. Fayard, Paris, 1999.

désormais partout la volonté de puissance, celle qui fera surgir le surhomme. On sait ce qu'il en advint à travers les épisodes maudits du communisme et du nazisme, les deux fruits empoisonnés de la philosophie allemande. Dès lors, comment ne point s'étonner que des pans entiers de la pensée contemporaine continuent obstinément, et même avec un certain regain, à célébrer Nietzsche et sa vision prométhéenne du surhomme ?

Adossée à cette philosophie aujourd'hui dominante, la violence est partout. Depuis le célèbre film de Stanley Kubrick, *Orange mécanique*, sorti en 1971, elle a envahi la télévision et le cinéma où la violence des sons et des couleurs, la transformation de la musique en simple bruitage agressent parfois outrageusement les sens. Dans les productions américaines, la violence en tant que telle est même mise en avant, exhibée, promue. Elle est le bain culturel dans lequel évoluent nos enfants avec leurs consoles de jeux et autres jouets électroniques. Mais comme, Nietzsche et quelques autres régnant, il est interdit d'interdire, à chacun de s'interroger : que faire et comment faire ?

Peut-être remonter aux sources, aux racines du fait culturel, indissociable du fait religieux, où ont été mis en œuvre, par le mythe et par le rite, des mécanismes d'atténuation, voire d'éradication de la violence.

CHAPITRE XVIII

Aux sources des religions

La thèse développée par l'anthropologue français René Girard dans *La Violence et le Sacré*[1], et dans *Des choses cachées depuis la fondation du monde*[2], illustre la manière dont, des religions traditionnelles les plus anciennes jusqu'au judéo-christianisme, le fait religieux peut être analysé comme un antidote à la violence. La nouveauté de la pensée de cet auteur lui a valu de devoir se réfugier, comme d'autres spécialistes français des sciences humaines – Paul Ricœur et Michel Serres, par exemple – aux États-Unis pour poursuivre ses recherches, ces sciences étant alors en France exclusivement construites autour du marxisme, du freudisme et du structuralisme.

Girard nous invite à remonter à l'origine des comportements humains où le mimétisme joue un rôle déterminant. L'ardeur avec laquelle l'humanité entière s'est jetée sur le téléphone portable ou la manière dont les adolescents d'aujourd'hui recherchent les mêmes marques de vêtements en disent long sur l'importance

---

1. René Girard, *La Violence et le Sacré*, éd. Hachette Littérature, collection « Pluriel », 1998.

2. *Id.*, *Des choses cachées depuis la fondation du monde*, Le Livre de Poche, collection « Biblio Essais », 1983.

de ce processus. Mais, pour Girard, ce mimétisme engendre l'agressivité dès lors que les objets désirés ne sont pas en nombre suffisant pour satisfaire tous ceux qui les convoitent. Et le seraient-ils que l'agressivité ne disparaîtrait pas pour autant. Tout au moins dans les comportements primitifs non policés par des siècles de civilisation et que mettent en scène les enfants.

Imaginons une grande pièce où sont dispersés des jouets tous identiques. On y fait entrer le même nombre de jeunes enfants qui s'empressent de s'approprier ces jouets. Il est statistiquement improbable que chacun, à la sortie de la confrontation, possède un seul jouet : les uns en auront plusieurs, d'autres aucun. La compétition mimétique aura déclenché une agressivité mutuelle, celle-là même que les bonobos inhibent par leur gesticulation sexuelle avant de se partager la nourriture, objet de prédilection de la compétition et de l'agressivité qui en découle chez toutes les espèces.

Le sort de l'enfant privé de jouet, maillon faible du dispositif, risque de s'aggraver si tous les autres lui tombent dessus, parce que justement il est faible. Il devient alors le dominé, bientôt la victime, voire le bouc émissaire sur lequel toute l'agressivité du groupe va converger. Et converge, selon Girard, dans les sociétés primitives, jusqu'au sacrifice – en l'occurrence, un sacrifice sanglant. L'agressivité jusque-là exercée entre tous les membres du groupe en compétition se concentre alors sur un objet unique, la victime, qui prend à son compte tout le « mal » qui secouait le groupe. Et, du coup, l'annule.

Le groupe, unifié par l'élimination de la cible sur laquelle se concentrait son agressivité, recouvre alors sa sérénité et, par un véritable retournement qui ressemble tout à fait au comportement évoqué chez les canards qui transforment leur agressivité en parade amoureuse, la victime sacrifiée est alors sacralisée. On lui sait gré du bénéfice que le groupe a retiré de ce sacrifice expiatoire, et elle est érigée en objet de culte, voire en divinité. On l'aime, on la vénère après l'avoir tuée. Elle a été la source de l'apaisement après une période violemment conflictuelle. Puis un rituel s'installe autour de ce sacrifice indéfiniment répété de manière symbolique et mythique, la victime humaine étant cette fois remplacée par des victimes animales.

Après avoir pisté ce scénario dans les mythes et les rituels des religions primitives, Girard l'applique au judéo-christianisme, le Christ étant le fameux bouc émissaire d'abord rejeté, puis divinisé, sacrifié par ses congénères puis reconnu comme leur libérateur par bon nombre d'entre eux.

Ainsi les religions auraient-elles pour première finalité d'inhiber les comportements agressifs résultant de violentes compétitions mimétiques au sein des groupes humains.

Le passage du meurtre rituel au meurtre symbolique relève de la même finalité. L'un des traits de la compétition mimétique n'est-il pas le risque qu'un meurtre n'entraîne par vengeance un autre meurtre, et qu'ainsi s'enclenche le déroulement sans fin d'actes meurtriers enchaînés les uns aux autres ? Tel est, hélas, le scénario qui se déploie sous nos yeux entre Israéliens et Palestiniens qui se réclament de leurs monothéismes respectifs pour se répliquer conformément à la loi du talion, « œil pour œil, dent pour dent » – quand ce ne sont pas plusieurs yeux et plusieurs dents pour un œil et une dent… Mécanique implacable que seule, à un moment donné, l'implication d'une valeur plus spécifique au troisième monothéisme, le pardon mutuel, pourrait prétendre enrayer.

Or, dès le livre de la Genèse, le judéo-christianisme s'ouvre par le meurtre perpétré par Caïn sur la personne de son frère Abel. Mais ce qui fait la valeur de ce mythe fondateur, c'est l'attitude du Seigneur à l'égard de Caïn : il se porte garant de sa vie et interdit donc à quiconque de le toucher. Caïn sera protégé et nul ne portera la main sur lui pour venger Abel. S'inscrivent ainsi dans les toutes premières pages de la Bible les prémisses de ce qui sera, avec Moïse, le cinquième commandement : « Tu ne tueras point ! »

Ainsi mythifié, ritualisé, le meurtre perd toute consistance, toute réalité physique. Il ne conserve dans la longue histoire des religions qu'une signification symbolique qui exclut radicalement qu'on le perpètre dans la réalité.

Pourtant, l'histoire atteste, hélas, que ces puissants mécanismes d'inhibition n'ont pas joué avec toute l'efficacité qu'on aurait pu en attendre. Ici ou là, certains transgressent et dérogent à la loi du « Tu ne tueras point ! ». Pis : la guerre, avec ses lourdes pertes humaines, est de toutes les civilisations et de tous les temps. Les religions elles-mêmes sont souvent à l'origine de ces tueries que pourtant elles dénoncent, comme il en fut jadis au temps des croisades et des guerres de Religion, voire, aujourd'hui, de l'islamisme extrême. C'est qu'entre-temps les hommes, poussés par l'immémorial instinct de pouvoir, se sont approprié le fait religieux et en ont fait leur affaire. Au nom du trop fameux *Gott mit uns*, aujourd'hui repris par George Bush dans le cadre de sa lutte contre l'« axe du Mal », l'homme justifie ses intentions belliqueuses en utilisant la religion à ses propres fins, et n'hésite pas à déclarer la guerre en son nom. Une pratique mal décelée dans le bouddhisme, encore que ce soit en terre bouddhique que se sera perpétrée, on l'a dit, la folle aventure génocidaire de Pol Pot. Une pratique qu'on ne décèle plus actuellement dans le christianisme qui semble avoir fait, sur ce point, sa révolution copernicienne. Encore faut-il se garder de crier trop tôt victoire lorsqu'on voit la volonté de certains mouvements évangéliques américains d'en découdre à tout prix avec l'islam… Pas tout à fait morte encore l'idée médiévale de la croisade !

On conçoit, dans ces conditions, que les religions fassent, pour certains, office de repoussoir. Leur seul intérêt pour eux est ce qu'il en reste dans le calendrier : un week-end tous les sept jours, conformément à la pratique du sabbat instaurée par le Créateur au premier chapitre du livre de la Genèse, et quelques fêtes religieuses qui se sont sécularisées en jours fériés. Avec un bonus pour l'ex-Alsace-Lorraine annexée, bénéficiaire, conformément aux anciennes lois allemandes, de deux jours fériés supplémentaires : le lendemain de Noël et le vendredi saint !

Pourtant, l'immense majorité des chrétiens et des musulmans convaincus et pratiquants se réfèrent à une morale personnelle où le respect, l'amour du prochain, le pardon et l'attention aux pauvres sont reconnus et pratiqués comme des valeurs morales primordiales. En ce sens-là, et lorsqu'elles ne sont pas mises au service du pouvoir – de quelque pouvoir que ce soit, en particulier du pouvoir de l'argent, la grande tentation aux États-Unis –, les religions jouent toujours leur rôle immémorial : inhiber l'agressivité et favoriser la cohésion du groupe, l'empathie et la sympathie entre ses membres.

CHAPITRE XIX

La guerre,
les armes et les armées

Sans doute parce qu'il est omnivore, la nature a privé l'homme des armes qu'utilisent les carnivores pour attaquer, déchirer la nourriture ou se défendre : la griffe et la dent. Et plus encore aujourd'hui que les nourritures molles et les viandes hachées affaiblissent la dentition, comme on le voit chez nos adolescents. L'homme est donc biologiquement désarmé. Inerme, certes, mais en même temps – et ceci explique peut-être cela – dépourvu des puissants mécanismes d'inhibition de l'agressivité que la nature a mis en œuvre chez les carnivores et que nous avons rencontrés par exemple chez le loup.

Pourtant, son statut d'omnivore n'exclut pas chez lui le recours à l'alimentation carnée. L'homme a été à l'origine un chasseur-cueilleur. Et, pour la chasse, il a dû très tôt se pourvoir d'armes offensives, massues ou armes tranchantes, qu'il s'est bien vite empressé d'utiliser contre ses propres congénères : de l'agressivité dans notre préhistoire…

Le voici donc capable de tuer son semblable, sans sommation et sans lui laisser le temps de mettre en œuvre un comportement de soumission, comme font la plupart des Mammifères quand ils sont attaqués par un des leurs. Car il n'y a pas d'espace, chez nous, entre le combat et la fuite : l'adversaire est tué, même à terre. Il ne sauve pas sa vie en se mettant sur le dos, comme font les Canidés, ou en montrant son arrière-train, comme chez les babouins. Il a fallu des millénaires de civilisation pour que se fasse jour l'idée que la mort soit épargnée aux militaires qui se rendent. Avant, on exterminait sur le champ de bataille, sans faire de quartier.

Cette caractéristique effrayante de la nature humaine, qui n'appartient qu'à elle, le serait davantage encore si l'humanité n'avait développé, au cours de son évolution, sa capacité de prendre conscience de la portée de ses gestes, d'en anticiper les effets, d'émerger ainsi peu à peu à une conscience morale. On voit tout au long de l'histoire se développer en parallèle une toujours plus grande ingéniosité dans la création d'armes et d'engins technologiques de plus en plus performants, et, dans le même temps, un approfondissement de la conscience morale et la mise en place d'inhibitions culturelles et sociales, en particulier par la pensée religieuse et la réflexion philosophique.

Progression de l'ingéniosité technologique, y compris dans l'art de tuer, et développement d'une conscience morale : tels sont les deux fruits, simultanés et contradictoires, de notre intelligence, celle-là même dont nous sommes si fiers et par laquelle nous prétendons nous distinguer.

Dans le clan préhistorique ou les tribus archaïques, très tôt des inhibitions se mettent en place contre l'agressivité interne au groupe. Celle-ci va s'exercer à l'encontre des ennemis extérieurs : animaux féroces, bien sûr, mais aussi tribus rivales. Initialement, on tue avec une arme de jet (une pierre) ou une arme de poing (une lame, une massue). L'ennemi est proche, à portée

de main. Mais, au fur et à mesure que les armes se per-
fectionnent, l'homme apprend à tuer à distance ; ses
capacités d'empathie à l'égard des victimes diminuent
d'autant. Et tout à fait au sommet de l'évolution technologique apparaissent des armes ultrasophistiquées,
celles de la guerre moderne, commandées par simple
pression sur un bouton. On tue de loin et de haut, sans
plus voir ni destructions ni victimes…

La chasse a suivi le même parcours évolutif. Sans
doute y aurait-il moins de chasseurs s'ils devaient tuer
leurs victimes à coups d'ongles et de dents ! Le coup
de fusil est tellement plus simple, plus efficace, plus
« propre » !

Ainsi, moins la guerre devient probable en raison de
l'évolution de la conscience morale de l'humanité, plus
elle devient potentiellement efficace et destructrice : une
modeste bombe atomique fait cent mille morts, sans
compter tous ceux qui mourront des maladies induites
par la radioactivité, des années, voire des décennies
plus tard.

Pour réduire les pertes, des stratégies minimalistes
ont été tentées. Chaque année, par exemple, mettant en
scène son héros chargé d'affronter celui des adversaires : c'est le tournoi, ou le combat de David et
Goliath ! Dès lors, la guerre ne fera plus qu'une seule
victime. Hélas, cette stratégie fonctionnant à l'économie, convenons-en, n'a guère convaincu. La vraie
guerre est toujours là, dans les stratégies de domination déployées par les plus forts, ou dans les affrontements entre communautés ou groupes ethniques. On
assiste alors à la décharge collective et monstrueuse de
toute l'agressivité accumulée contre les adversaires. À
moins que la guerre ne soit froidement décidée pour

toute une série de considérations économiques et géo-politiques, comme on le voit aussi de nos jours.

Mais l'humanité a inventé d'autres moyens de décharger l'agressivité vécue, cette fois sur un mode symbolique. Telle était, chez les Romains, la fonction des jeux du cirque ; telle est, aujourd'hui, celle du sport. Lorsque deux équipes s'affrontent, elles sont l'une et l'autre les héros et les hérauts de leurs supporters respectifs ; ceux-ci s'échauffent au spectacle du combat, des cris de fureur jaillissent des gradins des stades, pouvant aboutir au pugilat. Mais ce sont là des débordements que la pratique sportive condamne expressément ; car le sport a son éthique, et, s'il y a affrontement, il ne doit y avoir ni morts ni victimes. Et lorsque, aux Jeux olympiques, toutes les nations s'affrontent, c'est désormais pacifiquement. Les couleurs nationales sont hissées, les hymnes nationaux retentissent, chantés, mais ce n'est plus dans le même esprit vindicatif et belliqueux que dans les casernes ou sur les champs de bataille. Le sport apparaît ainsi comme un des moyens les plus puissants de détourner l'agressivité guerrière des peuples et des nations. La combativité demeure, l'émulation est sublimée, l'agressivité se décharge de manière toute symbolique : c'est une catharsis.

Le sport, qui a donné le mot *sportivité* pour qualifier un affrontement à la loyale, postule l'acceptation de règles communes régissant son exercice. Il doit donc être encouragé et tout particulièrement l'olympisme, dont on aimerait toutefois qu'il sache se maintenir à l'écart de la voracité des puissances d'argent qui tentent de l'asservir et de le corrompre, comme tout ce qu'elles touchent par ailleurs : le sport, certes, mais aussi l'art, la science, la politique, le traitement des affaires…

L'olympisme manifeste aussi la primauté de la collectivité internationale qui émerge au-delà de la simple juxtaposition des nations. L'ONU est, à ce titre, une entité éminemment respectable, et non pas un simple « machin », comme osa le dire insolemment l'une de nos grandes gloires nationales, et comme semble le penser à son tour l'actuel et bien moins glorieux président des États-Unis. La volonté affirmée de conférer à l'ONU le soin de prévenir les conflits, ou de tenter sa médiation pour y mettre fin, marque une avancée historique dans la conscience collective de l'humanité. L'ONU enseigne l'art de faire la paix et de dénouer les conflits par des approches adaptées dans plusieurs institutions, véritables écoles de la tolérance et du compromis créées à cette fin.

CHAPITRE XX

… Et la politique ?

La politique, c'est la guerre ! Tout au moins si l'on en juge par le vocabulaire. En général, ses héros, ses acteurs sont certes bénéficiaires d'une élection, mot jadis réservé au peuple ou à une élite choisis par Dieu. Mais le processus de l'élection, lui, n'a rien de pacifique. Pour y participer, les forces politiques, à l'instar de forces armées, feignent de partir en guerre. Elles « mobilisent » leurs « troupes » – de « militants », s'entend –, si semblables à des militaires dès lors qu'ils s'engagent dans des « batailles » ou des « campagnes » électorales. À l'issue de ces batailles et de ces campagnes, l'adversaire sera vaincu. Personne ne l'en plaindra ni ne s'apitoiera sur son sort. Première cruauté du monde politique : nul jamais ne compatit au sort des victimes !

Voyons maintenant du côté des vainqueurs. Quelques critères biologiques et psychiques sont indispensables à l'exercice de la profession. Il leur faut d'abord une robuste santé, car la bataille se gagne sur les marchés et dans les cages d'escalier. Faire les marchés sans jamais rien acheter, gravir les étages des grands ensembles sans destination précise, parcourir les rues et les places sans aller nulle part, mais toujours serrer des mains : telle est la feuille de route du candidat en campagne.

À cette robustesse physique doit s'ajouter une solidité psychique à toute épreuve. L'homme politique est par définition serein – la sérénité étant l'état dans lequel il n'est pas quand il affirme à la télévision qu'il l'est… Car il se doit de l'être toujours, même quand le ciel lui tombe sur la tête, par exemple quand, mis en examen dans une « affaire », il se retrouve cloué au pilori dans le journal de 20 heures.

Une fois élu par des mécanismès qui ne sont pas sans évoquer ceux de la sélection naturelle, chacun retrouve son camp – à la guerre, on dirait son campement… À nouveau voici, dans l'enceinte des Parlements, les forces en présence résolument hostiles, et les quolibets, les claquements de pupitre, les invectives qui font l'ordinaire de la vie parlementaire, parfois assaisonnée de gestes spectaculaires comme, par exemple, lorsque l'opposition se lève d'un coup et quitte l'hémicycle pour manifester son indignation devant les forfaitures de la majorité.

Ainsi, pour qui regarde de l'extérieur le spectacle de la vie publique, l'agressivité s'étale à tout moment : elle en est en quelque sorte l'expression accomplie. Au fameux : « Voyez comme ils s'aiment ! » qui qualifiait les premiers chrétiens devrait plutôt se substituer ici un : « Voyez comme ils ne s'aiment pas ! » Et chacun d'imaginer la haine que sont censés se vouer ces concurrents acharnés qui perpétuellement s'affrontent.

Mais c'est bien mal connaître ce qui se passe en coulisse (ou à la buvette). On voit alors les adversaires de la veille se rencontrer courtoisement, parfois amicalement, même lorsque les sépare la sacro-sainte ligne de démarcation entre majorité et opposition. Des alliances se nouent, des stratégies s'élaborent. Comme dans le petit monde des chimpanzés, l'ennemi d'hier peut devenir l'allié de demain, surtout dans les pays où la ligne de clivage droite/gauche est moins marquée que chez nous. Et l'on comprend alors que l'exercice démocratique de la politique se situe à mi-chemin entre la guerre et le sport : assurément moins meurtrier que la première, mais aussi, hélas, bien moins loyal que le second.

Comme dans le sport, chaque équipe a ses partisans, les fameux militants, convaincus de détenir la vérité en plénitude ; c'est de leur mobilisation, de leur prosélytisme et de leur zèle que dépend la victoire ! L'enthousiasme des militants : une notion sur laquelle Konrad Lorenz a longuement médité. Dans leur ardeur, il voit physiologiquement comme un grand frisson qui leur parcourt l'échine au moment le plus chaud du combat : jadis dans des salles enfiévrées et enfumées, aujourd'hui sous d'immenses chapiteaux. Le militant, porté par l'élan collectif, se sent élevé soudain au-dessus des vicissitudes de la vie ordinaire, prêt à tous les sacrifices pour la Cause. Ce frisson sacré apparaît à l'éthologue comme le reliquat d'une réaction végétative préhumaine : « le hérissement de la fourrure que nous avons perdue… » (sic) ! C'est le frisson du patriote lorsque le drapeau est hissé et que retentit l'hymne national.

Si Marx a remarquablement politisé la nature en transposant dans la société humaine la sélection et la lutte pour la vie darwiniennes, Lorenz, à l'inverse, a naturalisé la politique, notant encore : « S'il est normal de risquer sa vie pour son prochain dès lors qu'il est votre meilleur ami […], en revanche, la situation est toute différente si l'homme pour lequel vous êtes censé risquer votre propre vie est un contemporain anonyme. » Il faut alors que l'amour d'une cause motive le sacrifice, ce que l'homme de Cro-Magnon eût été bien incapable de faire, lui qui ne pouvait se sacrifier que pour ses proches, voire ceux de son clan ou de sa tribu. Mais, l'évolution créant des groupes sociaux de plus en plus vastes, ce sentiment de parenté s'est réinvesti dans des rites et des normes observés en commun, symboles de l'unité du groupe – un groupe désormais infiniment plus large que la famille ou le cercle des proches. Bref, « par un processus d'authentique conditionnement pavlovien », l'homme est devenu capable de se sacrifier pour des symboles, jusqu'à mettre en péril les siens pour défendre la Cause. Le voici alors conditionné, prêt à partir à la guerre.

Ces surprenantes critiques de l'enthousiasme militant méritent réflexion. De fait, s'approprier l'exclusivité de la vérité, c'est dénier à qui pense autrement le droit d'en détenir la moindre parcelle. À la limite, c'est un rejet de l'autre dans sa différence. C'est pourquoi l'enthousiasme militant mérite d'être tempéré par le discernement, la distanciation, l'esprit critique, toutes valeurs qui, portées par la philosophie, concourent à la sagesse et à la tolérance.

Les jeunes, si prompts à condamner le racisme et à respecter les différences, mais aussi si difficiles à mobiliser pour la moindre cause, du moins « à fond » et durablement, sont la contre-image de ces enthousiasmes militants qui, portés aux extrêmes, entraînent une abnégation absolue pour la Cause, celle-ci, jadis dans le nazisme, aujourd'hui dans les intégrismes religieux, abolissant tout esprit critique et alimentant le fanatisme. Le pire devient alors possible. Particulièrement réticents à l'embrigadement, les jeunes devraient, par chance, nous éviter la réédition de pareilles horreurs.

Dans nos démocraties, Dieu merci, on n'en est pas

là ! Beaucoup y voient même l'heureux et ultime aboutissement de l'organisation des sociétés humaines, la «fin de l'Histoire». Une thèse qui paraîtrait plus plausible si, non contents de s'adonner aux délices de l'affrontement et de la compétition, les acteurs de la démocratie apprenaient à rechercher plus patiemment compromis et consensus. Émergeraient alors des démocraties apaisées dont la Suisse nous donne à certains égards un exemple. Un assentiment d'autant plus aisé à susciter que les causes sont d'un intérêt plus général.

Il en est ainsi de l'écologie, forme de bien commun dont les hommes viennent de prendre conscience et qui dépasse les clivages politiques hérités du XIXᵉ siècle. Car les mêmes périls écologiques nous menacent tous, hommes de droite comme hommes de gauche ; ils appellent des solutions qui doivent être élaborées et appliquées en commun ; le protocole de Kyoto sur le réchauffement de la planète illustre un tel processus. Et l'on imagine qu'au sein des démocraties de tels consensus puissent s'élaborer sur les grandes thématiques de l'écologie qui deviendrait alors une idée rassembleuse et partagée par tous.

Une démocratie apaisée, ce n'est pas seulement une opposition qui s'oppose, mais une opposition qui propose ; ce n'est plus seulement une majorité qui domine, mais une majorité qui partage. Une autre image de la démocratie où serait remise à l'ordre du jour cette fraternité qui figure au frontispice de la République mais que l'on remarque si peu dans le quotidien des comportements individuels et collectifs.

Nous avons hérité des philosophies du XIXᵉ siècle une culture de la lutte : le libéralisme, c'est la concurrence ; le marxisme, c'est la lutte des classes. Toute notre vie politique et syndicale repose entièrement sur ce schéma : elle dresse les syndicats contre le patronat, le patronat contre les syndicats, la droite contre la gauche et la gauche contre la droite. Une image on ne peut plus simpliste du fonctionnement social, qui passe sous silence les partenariats : comment gauche et droite ont opposé un front commun à l'extrême droite ; comment patronat et syndicats gèrent de conserve les grands organismes sociaux, en premier lieu la Sécurité sociale.

La mondialisation libérale renforce les processus compétitifs en favorisant un capitalisme arrogant et vagabond qui déplace les entreprises là où la main-d'œuvre est la moins chère, ce qui ne peut qu'exacerber la contre-offensive syndicale. On comprend qu'elle s'adapte si mal à des pays comme le Japon ou l'Allemagne qui connaissent une cohésion sociale plus grande que la nôtre et où les solidarités communautaires et d'entreprises sont plus marquées que chez nous. La grave crise économique qui ébranle ces deux pays, hier encore parmi les plus avancés du globe, est sans doute liée à leur difficulté à s'adapter à ce néocapitalisme ultralibéral et mondialisé qui fait fi des solidarités les mieux établies, qui détruit les entreprises ici, les réinstalle là-bas, cassant partout ce qui fonctionnait jusque-là grâce à des relations de coopération, y compris entre patrons et salariés. Une représentation étrangère à la démocratie française où l'individualisme est plus fort et où tout ce qui peut évoquer le paternalisme a toujours paru suspect. De ce fait, paradoxalement, la France est peut-être mieux préparée à affronter cette mondialisation libérale où chacun sera désormais en concurrence avec tous à l'échelle de la planète entière.

C'est là que l'Europe n'a peut-être pas dit son dernier mot. Avec bientôt quatre cent cinquante millions d'habitants, elle est, de fait, la première puissance économique de la planète. À ce titre, elle peut se permettre d'expérimenter, d'innover. Pourquoi ne pas le faire en élaborant une économie sociale plus respectueuse des personnes, où les salariés ne soient plus une simple variable d'ajustements dans les comptes des entreprises ; une économie qui se mette enfin au service des hommes et non au service d'intérêts financiers transnationaux et anonymes ? Tel pourrait être le grand projet européen pour demain ! L'Europe le peut. Mais le veut-elle ?

Plus modestement, et pour retomber dans le quotidien, nous solliciterons des politiques qu'ils nous débarrassent de cette forme de violence plus ou moins douce et insidieuse qu'est la violence d'État, fruit de l'étrange accouplement des hautes technologies (ordinateurs sophistiqués) et de la haute technocratie. Elle s'apparente à d'autres formes de harcèlement en imposant à chaque citoyen l'ardente obligation de consacrer le plus clair de son temps à remplir d'innombrables dossiers de plus en plus copieux, par lesquels les fonctionnaires piègent et asservissent les administrés, sommés de se plier à leurs exigences.

Plus que l'exercice de leur métier, un chercheur ou un médecin doivent désormais accorder la priorité des priorités à ces pesantes formalités administratives qui les font crouler sous ce que le commun des mortels appelle la «paperasse». Ainsi, l'initiative la plus modeste ne peut être envisagée que si de volumineux dossiers, que nul ne dépouillera jamais, sont produits. À la limite, l'administration, se justifiant par elle-même et pour elle-même, rend de plus en plus aléatoire ce grand mythe des sociétés modernes : la réforme de l'État.

CHAPITRE XXI

Un monde sans pères ni repères ?

Konrad Lorenz a vu dans l'agression une « histoire naturelle du mal », ainsi qu'il sous-titre son ouvrage devenu classique. Qu'est-ce à dire ? Le mal serait-il « naturel » ? Serait-il en quelque sorte, au sein de notre espèce, la continuité de ce qu'on observe déjà chez les plantes et les animaux ?

Pourtant, chez ces derniers, on a vu l'agression strictement « régulée » par de puissants et efficients mécanismes d'inhibition. De ce point de vue, aucune espèce n'est condamnée à mort de son propre fait. Nulle part l'agressivité n'atteint des degrés tels qu'elle puisse mettre en péril l'espèce elle-même.

Il n'en va malheureusement pas de même pour l'homme, qui a pris l'habitude de vivre en permanence dans l'équilibre de la terreur, même si celle-ci revêt des visages divers : terreur de l'apocalypse nucléaire ; terreur engendrée par le terrorisme aveugle et tout ce qu'il porte en soi de risques pour la communauté humaine ; terreur de l'exclusion sociale, des nouvelles pandémies, des cataclysmes écologiques, etc.

Schopenhauer insistait sur cette situation tragique au cœur de notre destin collectif – un destin encore plus tragique aujourd'hui qu'à l'époque où il écrivait : « L'homme n'a plus assez d'instinct pour agir avec sécurité, et pas assez de raison pour relayer les tâches de l'instinct » désormais défaillant. De fait, malgré tous les mécanismes d'inhibition impliqués par le contrôle parental, social, culturel et religieux, violence et agressivité individuelles ou collectives sont partout. Des bandes qui cassent aux bandits qui font des « casses », des petits délinquants aux grands truands, des « incivilités » aux horreurs de la guerre, chaque jour voit parcourues les étapes de ces processus multiples qui culminent dans la guerre nucléaire.

Aujourd'hui, le discours sur l'insécurité et la violence est omniprésent. Deux réponses symétriques et opposées y sont apportées. Pour les uns, la violence a des causes sociales qu'il convient d'éradiquer, et elle disparaîtra alors d'elle-même ; pour les autres, elle serait une fatalité biologique, en quelque sorte le produit d'un gène de l'agressivité, responsable des passages à l'acte.

Pierre Karli, neurobiologiste de renom international, conteste cette vision réductionniste et simplificatrice. Pour lui – on le suivra entièrement sur ce point –, le gène de l'agressivité n'existe pas. Aucun fait scientifique ne corrobore cette thèse en vérité plus idéologique que scientifique. L'explication purement sociologique n'est pas davantage satisfaisante dès lors qu'elle fait abstraction des éléments spécifiques liés à la personnalité et à l'histoire du sujet. Une histoire qui généralement l'a fragilisé et explique ses comportements de provocation, de contestation et de révolte. Il rejette à la fois la thèse du « tout biologique » et celle du « tout sociologique », et se garde bien de se prononcer pour le « tout répressif » ou le « tout préventif ».

La répression des actes graves s'impose à l'évidence et ne doit pas être dénuée de sévérité ; au surplus, la sanction doit intervenir sitôt après le délit. On voit mal punir deux mois plus tard un enfant qui a commis une bêtise. Mais c'est à la reconstruction du sujet déviant que s'attache Pierre Karli au nom d'un humanisme reposant sur les valeurs essentielles de « paroles partagées, de confiance mutuelle, de sincérité, de loyauté, de fidélité à la parole donnée [1] ». Très critique à l'égard du vide culturel et éducatif dans lequel se complaît la télévision, il plaide pour une ardente et laborieuse conquête de la liberté intérieure, constructrice de la personne, permettant à chacun d'acquérir une triple maturité intellectuelle, affective et morale. Une démarche qui est à l'origine même du bonheur. Démarche difficile, voire utopique dans une société où bien rares sont ceux qui accèdent à un tel équilibre.

Enfin, il se garde bien de jeter la pierre aux seuls déviants et à s'exonérer soi-même de toute responsabilité, notant pertinemment que « nous voulons être débarrassés des violences qui nous gênent, qui portent tort à nos intérêts ; mais nous avons une certaine compréhension pour les violences qui ne nous gênent pas et qui sont plutôt de nature à servir nos intérêts… ». Chacun de nous, en s'interrogeant, constatera combien ce propos est pertinent.

L'ultime réponse à la violence et à l'agressivité serait donc un vrai projet de civilisation, lequel n'en est encore qu'à ses débuts mais qui devrait – qui devra ! – devenir, à travers l'éducation et la télévision, la priorité des priorités ! Un processus d'hominisation qui devra promouvoir cette véritable culture de la réconciliation qui, déjà, s'esquisse dans le comportement des Pri-

---

1. In *Le Figaro*, mardi 6 août 2002.

mates, et du pardon qui, en rompant le cercle infernal des rancœurs et des vengeances, détruit du même coup l'une des racines maîtresses de la violence.

Nourrir un tel projet conduit à s'interroger sur les évolutions extraordinairement rapides de la société. Si les plantes sont un monde sans chef, le nôtre est un monde sans pères ni repères : plus aucun modèle d'identification pour tant de jeunes déboussolés ! Cette grave carence de l'ontogenèse entraîne à l'évidence les déviances que l'on déplore. Car les jeunes ont besoin d'adultes à admirer et à imiter, et pas seulement d'adultes « à leur écoute » ! Cette condition est nécessaire, certes, mais loin d'être suffisante, car ce sont de modèles d'identification dont ils ont le plus besoin.

Si la société prive les jeunes de tels modèles – que ne leur offre jamais la télévision : jamais on n'y voit plus évoquer la vie de tant d'hommes et de femmes de toutes conditions qui firent honneur à la condition humaine –, les parents se dérobent eux aussi à cette fonction. Pour la première fois dans toute l'histoire de l'humanité, des systèmes d'éducation *à rebours* se mettent en place : c'est par leurs enfants que les parents apprennent à manipuler les ordinateurs et l'Internet ; ce sont leurs enfants qui les sensibilisent à l'écologie et à l'écocitoyenneté. D'où, chez certains parents, de nouvelles interrogations sur l'opportunité de transmettre à leur progéniture les savoirs et savoir-faire qu'ils ont eux-mêmes hérités de leurs propres parents : la religion, dont les valeurs ne sont plus transmises, la « bonne éducation », les principes de la moralité, les légendes et histoires qui font l'immémoriale culture d'un peuple, etc. Or c'est là une grave erreur, car enfants et adolescents ne sont pas moins avides qu'autrefois de se voir transmettre ce que leurs parents ont à leur donner.

Mais la société n'est pas davantage apte à canaliser les pulsions agressives qui caractérisent la puberté, car les réponses institutionnelles ont elles-mêmes disparu : le scoutisme, les patronages, les mouvements d'action catholique, les mouvements de jeunesse laïques, les jeunesses musicales de France… Que reste-t-il de tout cela aujourd'hui ? Le service militaire lui-même a disparu ; or il représentait une sorte de rite initiatique au moment où le jeune homme débouchait sur l'âge adulte. Aujourd'hui, rien d'étonnant à ce que les jeunes inventent leurs propres rites parmi lesquels figurent malheureusement la drogue, la transgression, le passage au-delà de la «limite».

Enfin, notre société, par-delà les mots, a de plus en plus de mal à accepter les conflits, qu'elle confond avec l'agressivité, laquelle n'est justement que la mauvaise manière de les gérer. On finit dès lors par craindre tout conflit avec les adolescents. Or, «moins on lui indiquera comment être en opposition, sans pour autant se faire la guerre, moins il sera armé pour gérer ses propres conflits intérieurs[1]», ainsi que le note Patrice Huerre.

Jusqu'en Mai 68, la société véhiculait un modèle éducatif, mettait dans la tête des parents des schémas qu'ils pouvaient certes récuser, mais qui avaient le mérite d'exister. Rien de tel aujourd'hui où, l'individualisme aidant, chacun est invité à échafauder son propre modèle. Bien des parents restent désarmés devant une pareille tâche : ils constatent qu'il n'y a plus de modèle éducatif. Et pour les parents immigrés c'est plus dramatique encore, car ils n'osent plus se référer à leur propre passé.

---

1. Patrice Huerre, « Abaisser la majorité à quinze ans », in *La Recherche*, n° 360, janvier 2003.

Combien de parents en désarroi qui n'osent plus dire à leur « ado » : « Rentre à telle heure » ? Catastrophe pour ledit « ado » qui n'a plus en face de lui de figures adultes fiables et sécurisantes. Fragilisé, insécurisé, il devient agressif, source d'insécurité pour les autres.

On ne fera pas l'économie d'un débat sur le thème : quelle société voulons-nous ? quels moyens sommes-nous prêts à mettre en œuvre pour y parvenir ? Les œuvres ultraviolentes ont-elles vraiment leur place au cinéma, à la télévision et sur les consoles vidéo ? Enfin, comment poursuivre, grâce aux nécessaires prises de conscience, le lent processus d'hominisation qui, vaille que vaille, se perpétue malgré tout ? Car nous sommes probablement moins barbares qu'aux époques reculées où l'on se pourfendait allégrement à l'arme blanche. Certes, l'arme atomique existe, mais il n'est pas interdit de penser qu'on finira aussi par la proscrire et la détruire. Tout n'est peut-être pas perdu. À nous de prendre le relais et de nous engager dans ce travail de fond : l'humanisation de l'homme !

CHAPITRE XXII

Regards
sur de lointains futurs

Tandis que violence et agressivité s'étalent chaque jour sur nos écrans comme la fine fleur de notre culture, portées aux nues et semées aux quatre vents par la production cinématographique et télévisuelle d'outre-Atlantique, partout des hommes et des femmes s'emploient à en contrarier les funestes effets.

Et l'on se prend à se poser tout de go cette simple question : mais pourquoi donc accepter de tels déferlements ? Ce à quoi le « politiquement correct » répondra sans hésiter : parce qu'il est interdit d'interdire, de censurer – et, de surcroît, de s'en prendre à la liberté du commerce. Ainsi, les œuvres ultraviolentes déferlent sans restriction tout simplement parce que leur commerce rapporte plus d'argent que les autres.

Aux parents donc de protéger, d'éduquer leurs enfants, de porter une attention vigilante aux programmes qu'ils ingurgitent. Lourde charge, en vérité, qui les contraint à exercer une veille permanente sur ce que regardent et consomment leurs petits. Mais quel soulagement pour eux si on en limitait la production ou la diffusion en amont ! Car comment réduire la violence omniprésente si ce n'est en s'engageant dans une véritable révolution culturelle mettant davantage en avant les valeurs de respect, de tolérance et de solidarité ? Demain, peut-être ? Car les cultures changent et demain sans doute sera autre.

Dans le même temps, des comportements altruistes, tendres et amènes se développent, débordant les limites de notre espèce. On voit avec quel soin sont traités les oiseaux mazoutés sur nos plages souillées par les marées noires.

Par ailleurs, beaucoup reportent leur affection sur des animaux souvent peu aptes au mode de vie des bêtes de compagnie. Voici que jardins et appartements se peuplent de serpents, d'iguanes, de perroquets, de chiens de prairie – ces écureuils qui «aboient» –, de singes ou de tortues. Après tout, disent-ils, pourquoi ne point les domestiquer comme on fit jadis des chevaux, des chiens et des chats, et s'en faire dès lors des amis ? Mais les choses ne sont pas aussi simples : ces «nouveaux compagnons» sont capturés en pleine nature sans tenir compte des mesures de protection dont ils bénéficient. Ils font l'objet d'un commerce illégal, presque aussi lucratif que celui de la drogue. Ce soudain engouement pour des animaux souvent fort éloignés de nous a peut-être un sens caché qu'il convient de décrypter. Notre empathie pour de nouvelles espèces non encore domestiquées annoncerait-elle de nouvelles alliances que les hommes voudraient contracter avec elles ? Seraient-ce les prémisses d'une nouvelle vague de domestication, ou seulement un aspect «ludique» des relations que nos sociétés technologiquement avancées prétendent nouer avec une nature dont elles ne savent plus grand-chose ? Si tel est le cas, l'avenir de ces animaux risque d'être bien incertain…

Parallèlement, beaucoup se veulent végétariens. Tuer les animaux pour les manger leur pose problème. Le carnivore, l'omnivore deviendrait-il herbivore ? Nos ancêtres australopithèques étaient végétariens, ainsi qu'en témoigne l'usure de leurs dents. La nourriture carnée n'apparaît qu'avec l'*Homo habilis*, il y a deux millions et demi d'années. Peut-on imaginer dans un lointain futur une évolution inverse vers le végétarisme, cette fois dictée par une conscience accrue de notre proximité avec le monde animal ? On sait que les plantes suffiraient à nous nourrir. Dès lors, pourquoi élever des bêtes pour les tuer ? Nous contenterons-nous un jour d'élever des vaches pour leur lait et des poules pour leurs œufs, en réduisant du même coup le lourd tribut que font peser sur le monde animal nos comportements de prédateurs ? La mode du McDonald et de ses hamburgers recule aux États-Unis même et ailleurs, jusque chez les jeunes. On en revient aux fruits et aux légumes, avec la bénédiction des diététiciens et des nutritionnistes.

Cette décote du steak par rapport aux simples fruits de la terre nous ramène à des croyances très anciennes liant l'agressivité à la nourriture. Dans *La Pensée sauvage*[1], Claude Lévi-Strauss évoque les traditions légendaires des Indiens Osage dont les ancêtres étaient à l'origine divisés en deux groupes : « l'un, pacifique, végétarien […] l'autre, belliqueux, carnivore ». Il rejoint là une série de croyances et de traditions, repérées ici et là, selon lesquelles la nourriture carnée s'accompagnerait d'une plus grande agressivité.

Toujours dans cette mouvance, la souffrance animale est dénoncée et devient même insupportable à beaucoup. Car la conscience humaine s'affine, et l'éthologie nous

1. Claude Lévi-Strauss, *La Pensée sauvage*, éd. Plon, Paris, 1962.

révèle combien les animaux nous ressemblent. Nous sommes ici loin de Descartes et de Malebranche qui les prenaient pour de simples machines. L'empathie envers les animaux grandit et l'on peut rêver à de lointains futurs où nous n'en mangerons plus ; mieux encore : à des avancées de la domestication telles qu'ils deviendront nos compagnons familiers. Car des liens surprenants peuvent se nouer entre espèces éloignées, voire ataviquement ennemies. Il advient même que le prédateur sympathise avec sa proie.

L'information nous vient de Nairobi, au Kenya ; elle date de décembre 2002. La lionne Kamumiac – *la Bénie*, en langue locale – était devenue célèbre, depuis quelques mois, pour avoir offert aide et affection à un bébé oryx : cette petite antilope vivait en amitié avec elle. Une relation hors normes qui dura deux semaines, avant que le bébé adopté ne finisse dévoré par un autre lion. Mais la lionne, obstinée, persista et adopta aussitôt un deuxième bébé oryx ! Pour épargner à celui-ci le sort du premier, les gardiens du parc décidèrent de les séparer et de transporter l'antilope dans un orphelinat pour animaux, à Nairobi. Entêtée, la lionne adopta alors son troisième bébé auquel elle témoigna la même affection. Mais, cette fois, l'attention se porta sur la mère naturelle du bébé qui, restant à proximité de cet équipage inédit, profitait des absences de la lionne pour donner la tétée à son petit. Puis elle le récupéra et l'emmena loin du lieu où le gardait la lionne… Le même manège se reproduisit jusqu'à l'adoption du sixième bébé. Car, chaque fois, la mère antilope, se tenant à l'écart, parvenait à récupérer son petit qu'elle continuait d'allaiter dès que la lionne avait le dos tourné. On sut alors que cette lionne était stérile : incapable d'adopter un lionceau qu'aucune mère lionne ne lui eût concédé, elle jetait son dévolu sur de petites antilopes. Ce faisant, elle détruisait le tabou des déterminismes rigoureux qui assujettissent la proie au prédateur.

Une lionne dispute à leurs mères naturelles de petites antilopes pour les couvrir de son affection : un déni absolu aux lois immémoriales de la prédation ! Le triomphe de l'amour sur la mort.

On se prend dès lors à rêver à ces temps eschatologiques où l'empathie finirait par avoir raison de l'agression... Un monde nouveau où le mythe prend corps, celui qu'évoque Isaïe, le prophète, mais aussi le poète déjà évoqué dans *La Terre en héritage*[1] :

Le lion vivra avec l'agneau ; le tigre gîtera près du chevreau ; le veau, le lionceau seront nourris ensemble, et un enfant les conduira. La vache et l'ours auront même pâture, leurs nouveau-nés étroitement mêlés. Le lion et le bœuf mangeront de la paille. Le nourrisson jouera près du repaire du cobra et, dans l'antre de la vipère, il plongera la main.

Sur toute la montagne sainte, plus de méfaits et plus de violence[2].

---

1. J.-M. Pelt, *La Terre en héritage*, Fayard, Paris, 2000.
2. Isaïe, XI, 6-8.

INDEX

Index du monde végétal

Index du monde animal

Index des noms de lieux

Index des noms de personnes et des peuples

Bibliographie

On trouvera ci-dessous une bibliographie succincte des principaux ouvrages consultés, tous aisément accessibles au lecteur de langue française. N'y figurent ni les publications scientifiques originales consultées par l'auteur, ni la documentation très vaste puisée sur Internet, qui l'alourdiraient inutilement.

LIVRE I
LES PLANTES : UN MONDE SANS CHEF

BLANC, Patrick, *Être plante à l'ombre des forêts tropicales*, éd. Nathan, 2002.

BOULLARD, Bernard, *Guerre et paix dans le règne végétal,* éd. Ellipses, 1990.

CLÉMENT, Gilles, *Éloge des vagabondes*, Nil éditions, 2002.

COMBES, Claude, *Les Associations du vivant. L'art d'être parasites*, éd. Flammarion, coll. «Nouvelle Bibliothèque scientifique», 2001.

CUNY, Jean-Pierre, *L'Aventure des plantes,* éd. Fixot, 1987.

HALLÉ, Francis, *Éloge de la plante. Pour une nouvelle biologie,* éd. du Seuil, 1999.

PELT, Jean-Marie, *La Vie sociale des plantes,* éd. Fayard, 1984.

LIVRE II
LES ANIMAUX : L'AGRESSIVITÉ
SAVAMMENT CONTRÔLÉE

CAMPAN, Raymond, et SCAPINI, Felicita, *Éthologie – Approche systémique du comportement,* éd. De Boeck Université, Bruxelles, 2002.

CHAUVIN, Rémy, *Les Sociétés animales,* PUF, coll. « Le Biologiste », 1982.

LINDEN, Eugène, *Les Lamentations du perroquet. De l'intelligence et de la sensibilité animales,* éd. Fayard, coll. « Le Temps des sciences », 2002.

LORENZ, Konrad, *L'Agression. Une histoire naturelle du mal,* éd. Flammarion, 1969.

MASSON, Jeffrey Moussaïef, et MACCARTHY, Suzan, *Quand les éléphants pleurent. La vie émotionnelle des animaux,* éd. Albin Michel, 1997.

PICQ, Pascal, DIGARD, Jean-Pierre, CYRULNIK, Boris, et MATIGNON, Karine Lou, *La Plus Belle Histoire des animaux,* éd. du Seuil, 2000.

WAAL, Frans de, et LANTING, Frans, *Bonobos, le bonheur d'être singe,* éd. Fayard, coll. « Le Temps des sciences », 1999.

—, *De la réconciliation chez les Primates,* éd. Flammarion, coll. « Champs », 1992.

LIVRE III
LES HOMMES ENTRE GUERRE ET PAIX

BARREAU, Jean-Claude, *Bandes à part : pour en finir avec la violence,* éd. Plon, 2003.

BRUNER, Jérôme, *Savoir faire, savoir dire*, PUF, 2000.

CYRULNIK, Boris, *Mémoire de singe et paroles d'homme*, éd. Hachette, coll. «Pluriel», 2001.

FERENZI, Thomas, *Faut-il s'accommoder de la violence?*, éd. Complexes, 1999.

GIRARD, René, *La Violence et le Sacré*, éd. Grasset, 1972; rééd., Hachette Littérature, coll. «Pluriel», 1998.

—, *Des choses cachées depuis la fondation du monde*, éd. Grasset, 1978; rééd. Le Livre de Poche, coll. «Biblio Essais», 1983.

KARLI, Pierre, *Les Racines de la violence : réflexions d'un neurobiologiste*, éd. Odile Jacob, 2002.

—, *L'Homme agressif*, éd. Odile Jacob, 1996.

KRIEGEL, Blandine, *Philosophie de la République*, éd. Plon, 1999.

LEBON, Gustave, *Psychologie des foules*, PUF, coll. «Quadrige», 1963.

VAUCLAIR, Jacques, *L'Homme et le Singe. Psychologie comparée*, éd. Flammarion, coll. «Dominos», 1998.

ZACZIK, Christian, *L'Agressivité au quotidien*, éd. Bayard, 1998.

Table

LIVRE III

Les sociétés humaines entre guerre et paix

Du même auteur :

Les Médicaments, collection « Microcosme », Le Seuil, 1969.

Évolution et sexualité des plantes, Horizons de France, 2ᵉ édition, 1975 (épuisé).

L'Homme renaturé, Le Seuil, 1977 (grand prix des lectrices de *Elle*. Prix européen d'Écologie. Prix de l'académie de Grammont), réédition, 1991.

Les Plantes : amours et civilisations végétales ? Fayard, 1980 (nouvelle édition revue et remise à jour, 1986).

La Vie sociale des plantes, Fayard, 1984 (réédition, 1985).

La Médecine par les plantes, Fayard, 1981 (nouvelle édition revue et augmentée, 1986).

Drogues et plantes magiques, Fayard, 1983 (nouvelle édition).

La Prodigieuse Aventure des plantes (avec J.-P. Cuny), Fayard, 1981.

Mes plus belles histoires de plantes, Fayard, 1986.

Le Piéton de Metz (avec Christian Legay), éd. Serpenoise, Presses universitaires de Nancy, Dominique Balland, 1988.

Fleurs, Fêtes et Saisons ? Fayard, 1988.

Le Tour du monde d'un écologiste, Fayard, 1990.

Au fond de mon jardin (la Bible et l'écologie), Fayard, 1992.

Le Monde des plantes, Le Seuil, collection « Petit Point », 1993.

Une leçon de nature, L'Esprit du temps, diffusion PUF, 1993.

Des légumes, Fayard, 1993.

Des fruits, Fayard, 1994.

Dieu de l'Univers, science et foi, Fayard, 1995.

Les Langages secrets de la nature, Fayard, 1996.

De l'univers à l'être, Fayard, 1996.

Plantes en péril, Fayard, 1997.

Le Jardin de l'âme, Fayard, 1998.

Plantes et aliments transgéniques, Fayard, 1998.

La Plus Belle Histoire des plantes (avec M. Mazoyer, T. Monod et J. Girardon), Le Seuil, 1999.

La Cannelle et le Panda, Fayard, 1999.

La Terre en héritage, Fayard, 2000.

Variations sur les fêtes et les saisons, Le Pommier, 2000.

À l'écoute des arbres, photographies de Bernard Boullet, Albin Michel Jeunesse, 2000.

La vie est mon jardin. L'intégral des entretiens de Jean-Marie Pelt avec Edmond Blattchen, émission *Noms de Dieux*, RTBF/Liège, Alice Éditions, diffusion DDB, Belgique, 2000.

Robert Schuman, père de l'Europe, éd. Conseil général de la Moselle et Serge Domini, 2001.

Les Nouveaux Remèdes naturels, Fayard, 2001.

Les Épices, Fayard, 2002.

L'Avenir droit dans les yeux, Fayard, 2003.